U0509370

张新颖 著

现代中国的这些人·文·事

有情

上海书店出版社
SHANGHAI BOOKSTORE PUBLISHING HOUSE

目　　录

B卷　葡萄苹果死于果子，而活于酒

C卷 "天知道这是一本什么书！"

D 卷　怀念

小　引

一九五二年一月二十五日，旧历腊月二十九，在四川内江参加土改的沈从文，夜不成眠，拿了从垃圾堆中翻出的《史记》列传，于老式油灯下反复来看，"不知不觉间，竟仿佛如同回到了二千年前社会气氛中，和作者时代生活情况中，以及用笔感情中。"不禁浮想联翩，做"有情"和"事功"之辩。"对人生'有情'，就常和在社会中'事功'相背斥"，"事功为可学，有情则难知！"《史记》"年表诸书说是事功，可因掌握材料而完成。列传却需要作者生命中一些特别东西。我们说得粗些，即必由痛苦方能成熟积聚的情——这个情即深入的体会，深至的爱，以及透过事功以上的理解与认识。"

沈从文的"有情"论，可以阐发的空间很大，但比起抽象地探讨，具体地面对或许更算得上体贴于心。

眼前的这本小书，题名《有情》，指的是这本小书低回流连于其生命痕迹和精神氛围中的这些人：从陈独秀，胡适，鲁迅，到许地山，废名，林徽因，到巴金，刘西渭，胡风，到林海音，夏济安，张爱玲……

我们常常说起他们，不仅仅是追怀文人旧事，沉迷文采风流，更是有意识无意识地面对今天和面对自我的一种反应。如果这种反应能够化为对我们自己的现代传统的自觉探寻，那么保存在他们身上的现代中国的文化记忆，现代中国的心灵信息，就是需要我们一遍一遍去重新激活的丰富资源。

收在这本小书里的篇什，因时因事而写，却非一时一事短暂兴趣的产物，编在一起，或许更容易看出一种长久浸润其间的个人心绪和感情。把这种长久的浸润缩小为具体的人、文、诗、事，我特别想在那一长串的名字中间，突出这几位：B卷里的卞之琳，穆旦，熊秉明，C卷的沈从文，D卷的贾植芳。

二〇〇五年完成《沈从文精读》后，本来打算接着写沈从文后半生的传记，而且以为很快就能写完，不想却因各种各样的原因一拖再拖，现在反倒不敢计划了。把一些关于沈从文的零星短文集在一起，希望提醒自己，不可不勉力实现此一心愿。

我的导师贾植芳先生去世已过两周年，我至今未写任何追悼文章。当时献给先生的花圈，也只写了一句话："先生不死！"去年春天梦见先生，拄着拐杖到中文系来，很多人围着他；我给先生泡了一杯茶。把几篇旧文单独编为一卷，表达对先生深远的怀念。从一九八九年师从先生以来，我一点一点、一层一层，慢慢体会，慢慢领悟，跟随一位现代作家、一位历经时代磨难的现代知识分子学习研究中国现代文学，是多么幸运、以后再也不会有的机缘。由此机缘，我才得以进入现代中国文学的"有情"时空，感知现代中国文学的心灵信息。

二〇一〇年六月十日　复旦大学

A 卷　　"我要看来看去的看一下"

孤桑好勇独撑风

　　陈独秀之狂，在中国现代文化、政治史上罕有可比肩者。青年时在杭州一段，过的是湖山之间、诗酒豪情的生活，从后来发表于一九一四年《甲寅杂志》一卷三号上的《灵隐寺前》，可以想见："垂柳飞花村路香，酒旗风暖少年狂。桥头日系青骢马，惆怅当年萧九娘。"单独看这首诗，也许因为太明丽了，不太会觉得这样的少年轻狂算得了什么，但再读发表于一九一五年《甲寅杂志》一卷七号上的《夜雨狂歌答沈二》，无论是谁都不敢说这是"轻"狂了。时势和在这种时势下个人的强烈感受融为一体，那种雷霆万钧的气魄，凡夫俗子难望其项背。"笔底寒潮撼星斗，感君意气进君酒。"《新青年》的前身《青年杂志》就是在此诗发表后两个月创刊的。

　　一九一七年《新青年》二卷六号上影响巨大的《文学革命论》，陈独秀更是狂态恣肆，结尾呼喊道："吾国文学界豪杰之士，有自负为中国之虞哥、左喇、桂特郝、卜特曼、狄铿士、王尔德者乎？有不顾迂儒之毁誉，明目张胆以与十八妖魔宣战者乎？予愿拖四十二生的大炮，为之前驱！"

一个人的狂，如果没有实际的人生内容做底子，恐怕就不大有什么好说的。陈独秀是中国现代文化的开拓者之一，是一个政党的创立者之一，这些一般说说的基本事实其间包含了多少具体的、大大小小的磨难，后来者难以完全体会。从性格、气质、作为来讲，陈独秀完全称得上现代中国的大英雄。英雄与狂，自古就结缘了，大英雄大狂，本是应有之义。

而陈独秀的一生，却是"常使英雄泪满襟"的一生。人生实难，常人也有这样的体会和感慨；英雄磨难，倍于常人者几何。读王观泉著《被绑的普罗米修斯——陈独秀传》（台湾业强出版社，一九九六年初版），感触尤深。王观泉的这部著作写文化英雄的一生，与其说是写其业绩，不如说是突现传主一生中不绝的困境、绝境，用西方经典比拟，就是如书名所示，为人间盗火的普罗米修斯被绑在高加索山上；用中国老百姓耳熟能详的说法，就是虎落平川。而大英雄，也往往在困境、绝境中最显本色，尽得风流。

我们可以排排从一九二七年到一九三二年被捕前陈独秀个人的大事：总书记的职位被取代；两个儿子，年轻的共产党干部陈延年、陈乔年相继被杀害；被开除党籍；孙子夭折……一九三二年之后到去世，主要两段生活，一是在南京的狱中，一是僻居于四川江津。而一直纠缠不去的，是来自各种政治势力强加的种种罪名。王观泉的著作揭示了陈独秀身受的各种政治力量的压力，揭示了陈独秀所处的四面楚歌的境地。尤为重要的是，王著掌握了大量的材料，条分缕析，梳理出共产国际和中国革命，特别是和陈独秀的关系，以及陈独秀和中国托派的关系。传记最后写到，普罗米修斯最终享受到了荣耀，"陈独秀则走出监狱即被套上汉奸帽子，被抛出轰轰烈烈的抗日战线之外，默默地死在周边毫无社会生气的石墙院冰凉的竹席板床上，偷'天火'点燃革命火种的'人类哲学日历上最高尚的圣者兼殉道者'（马克思语），终于没有走下高加索……"

这里想说的是，经受着种种不堪磨难的陈独秀，还能有年轻气盛、事业初兴时的狂傲吗？陈独秀僻居江津，老、病、穷、冤，生活靠老朋友、旧学生接济，死时院子里还剩下一堆自己种的土豆没吃完。曾有诗曰："哀乐渐平诗兴减，西来病骨日支离；小诗聊写胸中意，垂老文章气益卑。"这是陈独秀的一面，令人感慨万端；但这只是一面，陈独秀的狂，却还是狂到底的，下面一首《寒夜醉成》，很难让人相信是那样处境中的一个老人写出来的——

孤桑好勇独撑风，乱叶颠狂舞太空。

寒幸万家蚕缩茧，暖偷一室雀趋丛。

纵横谈以忘形健，衰飒心因得句雄。

自得酒兵鏖百战，醉乡老子是元戎。

几年前，我读台静农回忆陈独秀晚年在江津生活的文章，作者所见的陈独秀从容谈笑，作诗写字，艺术趣味不灭，给我很深的印象；文章更以陈独秀早年的诗句"酒旗风暖少年狂"为题，给我的印记尤其深切。人常说本性难移，这话让陈独秀说来就特别有气魄，一九三七年出狱后，他有这样两句诗——

苍溟何辽阔，
龙性岂易驯。

一九九七年二月二十四日

"你不能做我的诗，正如我不能做你的梦"

　　新文学的开山胡适做成第一部新诗集《尝试集》，他的"诗观"却是简单明了，而且一辈子也没有变，大致而言，那就是做诗如做文，做文如说话，应该清楚明白。这种主旨为了提倡白话而有意无意混淆诗与文的区别、文学语言与日常语言的区别的"诗观"，后来自然屡遭质疑，甚至有人明言胡适是新诗运动的最大敌人。不过话又说回来，胡适自己的创作是否就像他的理论倡导的那样，明白如"话"，而且一"白"到底呢？

　　就说《尝试集》的第一首《蝴蝶》，写双飞的蝴蝶后来分开，落了单。够"白"的了。可是废名讲到这首诗，说"为什么这好像很飘忽的句子一点也不令我觉得飘忽，仿佛这里头有一个很大的情感，这个情感又很质直。"多年后胡适写《逼上梁山》，回忆写这首诗的情境，说是曾在窗口看见一对蝴蝶分飞，"感触到一种寂寞的难受"，写了这首小诗，原题《朋友》，后来改作《蝴蝶》。《逼上梁山》是《中国新文学大系·建设理论集》的第一篇，胡适把诗里的个人情绪，与文学革命这个大运动联在了一起，他说："这种孤单的情绪，并不含有怨望我的朋友的意思。我回想起来，若没有那一班朋友和我讨论，若没有那一日一邮片，三日一长函的朋友切磋的乐趣，我自己的文学主张决不会经过那几层大变化，决不会渐渐结晶成一个有系统的方案，决不会慢慢的寻出一条光明的大路来。"

这样一解释，小诗背后的大情感就使诗变得不像表面那么"明白如话"了。

这个解释还有一个倾向，就是把个人的情绪"编织"到时代和历史的大事件当中去。这是否可靠呢？

《胡适与韦莲司：深情五十年》（周质平著）一书考掘胡适与Edith Clifford Williams的交往恋爱，认为此诗是情诗，初见于胡适一九一六年八月二十三日的《留学日记》，其时胡适正租住在韦莲司纽约海文路的公寓，"睹物思人，借蝴蝶起兴，冠题《朋友》，诗中人物已经呼之欲出了。"

一九二〇年胡适写了一首《梦与诗》，诗后有"自跋"，宣讲他的"诗的经验主义"。按照此说，诗以"经验"为底子，而"经验"又是个人性很强的东西，这样一个人写出来的诗，对于另外的不可能有同样"经验"的人来说，怎么可能是明白如话的呢？这个时候，胡适也不能不承认诗不可能是完全透明的了。《梦与诗》最后一节

是:"醉过才知酒浓,/爱过才知情重:——/你不能做我的诗,/正
如我不能做你的梦。"

二〇〇〇年十一月二十六日

"我要看来看去的看一下"

陈村写《我爱鲁迅》，里面有很到家的话："我生在中国，长在这样的环境，几乎每天在重温先生写过的人物先生说过的事情，我怎么可能去反鲁迅？"陈村又说，"鲁迅当然很笨，不去专心写自己的长篇堵人家的口。他为什么对那样的社会那样的人看不下去呢，非要把自己赔进去？"

读到这里的时候，我不禁顿了一下。这是近来读到的关于鲁迅的文章中最令我心动的了。是啊，关于鲁迅，说了那么多话和那么多不是话的话，说的时候，有几个人想到是在说一个非要把自己赔进去的人呢？

鲁迅直至生命终止才不得不放弃的杂文，这种交织着他人的毁誉、褒贬，消耗着自己的精血和心神的杂文，这种与平庸、繁琐、肮脏甚至是令人愤怒、厌恶、绝望的现实血肉粘连的杂文，写作它的最根本的内在动因，包含在这一信息之中——这一切都是出于一个主体对于现实世界的自由责任。对于现实的自由责任，是构成这个主体的核心因素，处在主体的内部，对于主体来说，它不是来自外部的动力。这也是"非要"的意思。

鲁迅逝世前不久，写了一篇感人至深的文章，《"这也是生活"……》，其中说到他大病转机后的一天夜里，他醒来了，喊醒了许广平——

"给我喝一点水。并且去开开电灯，给我看来看去的看一下。"

"为什么？……"她的声音有些惊慌，大约是以为我在讲昏话。

"因为我要过活。你懂吗？这也是生活呀。我要看来看去的看一下。"

"哦……"她走起来，给我喝了几口茶，徘徊了一下，又轻轻的躺下了，不去开电灯。

我知道她没有懂得我的话。

自觉地在现实中负有自由责任的鲁迅，平时多显露的是抗争与搏杀，恼怒与愤恨，可是在垂危之际，他却以柔弱无助的方式对生命的自由责任作出了发自灵魂最深处的、已经化为本能的阐释。这个濒死的生命深切表达着这样的经验：屋子里熟悉的一切，"外面的进行着的夜，无穷的远方，无数的人们，都和我有关。我存在着，我在生活，我将生活下去，我开始觉得自己更切实了，我有动作的欲望——但不久我又坠入了睡眠。"

"看来看去的看一下"的意识和行为，长久地体现在鲁迅的杂文写作中，并源源不断地支持着这种写作。不少论者惋惜鲁迅没有把精力集中于文学创作，却以杂文写作的方式与现实的具体人事纠缠不休。我以为，此类说法对这样一个对现实负有自由责任的主体没有充分的认识。这样一个主体是怎样写下那一篇接一篇的杂文的呢？

一想到这个问题，我就会不由自主地想起卡夫卡日记的一段话，我个人认为，鲁迅就是在卡夫卡所描述的情境里写下他似乎是无穷的杂文的：他用一只手挡住笼罩命运的绝望，用另一只手草草记下在废墟中看见的一切；他以一种与众不同的方式看，而且看到的更多。鲁迅的杂文，就是他用另一只手草草记下的他在中国的颓败的现实中所看见的一切。

猫头鹰、蛇之类

猫头鹰、冰糖壶卢、发汗药、赤练蛇

鲁迅先生"拟古的新打油诗"《我的失恋》，实在有些好玩。它当然是"恶作剧"的：

> 爱人赠我百蝶巾；
> 回她什么：猫头鹰。

这可够让人吃惊的。但这只不过是第一次，接下来还有第二次、第三次出乎意料之外："爱人赠我双燕图；/回她什么：冰糖壶卢。""爱人赠我金表索；/回她什么：发汗药。"结果当然是"从此翻脸不理我"。

所谓"拟古"，指的是模拟东汉张衡《四愁诗》的格式，段落之间大致相同，也就是以重复和重复中的差异构成整体。这首诗的不凡，在于能够利用重复中的那一点点差异，一而再、再而三让人吃惊——还有第四次：

> 我的所爱在豪家；
>
> 想去寻她兮没有汽车，
>
> 摇头无法泪如麻。
>
> 爱人赠我玫瑰花；
>
> 回她什么：赤练蛇。
>
> 从此翻脸不理我，
>
> 不知何故兮——由她去罢。

可是，就在我们跟着鲁迅玩味这一次又一次惊人转折的"游戏"时，没有料到还有一层转折。这是鲁迅的好友许寿裳先生告诉我们的："殊不只猫头鹰是他自己所钟爱的，冰糖壶卢是爱吃的，发汗药是常用的，赤练蛇也是爱看的。"

蛇

"我的寂寞是一条蛇，/静静地没有言语。/你万一梦到它时，/千万啊，不要悚惧！"

冯至的这条"蛇",来自英国唯美主义画家毕亚兹莱的黑白线条画,画上一条蛇,尾部盘在地上,身躯直长,头部上仰,口中衔着一朵花,令年轻的冯至觉得这蛇"秀丽无邪,有如一个少女的梦境"——"它把你的梦境衔了来,/像一只绯红的花朵。"

另外一个诗人邵洵美也写了一首《蛇》,灵感恐怕也是来自他非常喜欢的毕亚兹莱,他把蛇幻化为性感特征极强的美女,把性爱、死亡的恐怖和疯狂纠缠在一起,效果的确惊人:"啊,但愿你再把你剩下的一段/来箍紧我箍不紧的身体,/当钟声偷进云房的纱帐,/温暖爬满了冷宫稀薄的绣被!"

更早的时候,徐玉诺——今天大概很少有人知道这个诗人了——写了一首《跟随者》:"烦恼是一条长蛇。/我走路时看见他的尾巴,/割草时看见了他红色黑斑的腰部,/当我睡觉时看见他的头了。//烦恼又是红线一般无数小蛇,/麻一般的普遍在田野庄村间。/开眼是他,/闭眼也是他了。//呵!他什么东西都不是!/他只是恩惠我的跟随者,/他很尽职,/一刻不离的跟着我。"

写蛇写得最惊心动魄的还是鲁迅。《野草·墓碣文》:"有一游魂,化为长蛇,口有毒牙。不以啮人,自啮其身,终以殒颠。"这条长蛇为什么要自啮其身?"抉心自食,欲知本味。"可是这个目的能够达到吗?"创痛酷烈,本味何能知?""痛定之后,徐徐食之。然其心已陈旧,本味又何由知?"鲁迅属蛇,他所写的其实是一幅惨烈的自画像。

二〇〇三年二月二十六日

暗途、河流、墓碣

二十年前，我读到许地山的短文《暗途》，从此不忘。暗夜行路，点一盏灯，是常理；《暗途》里的吾威却偏偏不要。"满山都没有光，若是我提着灯走，也不过是照得三两步远；且要累得满山的昆虫都不安。若凑巧遇见长蛇也冲着火光走来，可又怎办呢？再说，这一点的光可以把那照不着的地方越显得危险，越能使我害怕。在半途中，灯一熄灭，那就更不好办了。不如我空着手走，初时虽觉得有些妨碍，不多一会，什么都可以在幽暗中辨别一点。"

人生的暗途，得靠自己去适应。凭什么人生就该全是光明大道呢？心态放平，慢慢去适应，适应了就能够从幽暗中辨别出路来。别把指望放在外面的东西上，像一盏灯，照不多亮，帮不了大忙；再说也靠不住，万一熄灭了，岂不更糟？把希望放在自己身上、自己心里，凭着单纯的信念、实际的行动、适应和对付幽暗的能力，庶几就可以安然到家了。

十五年前，我读到沈从文从家乡的一条河上写给妻子的信，信中那一段"水悟"，让我想了又想，至今也常常会把念头转到这上面来。为什么"真的历史却是一条河"？用文字书写的历史，关注的是诸如战争、暴力、王朝更迭之类的东西，而无视千百年来这些历史之外的人的哀乐、努力和命运；但是这条河，却蕴藏了普通人的令人感动、令人产生智慧和爱的丰富历史信息。河里的石头和砂子，河上的船和船夫，岸边的码头、河街和居民，他们代表了远比相斫相杀的历史更为久远恒常同时又现实逼真的生存和价值。为什么历史是一条河？为什么那些自然景物，那些自然化的普通人生活的日常景象，会让沈从文"感到生存或生命"？为什么普通人的哭、笑、吃、喝，是"庄严忠实的生"？为什么在他们的生活命运里能感受到"四时交递的严重"？为什么"我爱了世界，爱了人类"就"软弱得很"？

十年前，我读到冯至的《山村的墓碣》。也是普通人的生与死，刻在石碑上，在德国和瑞士交界一带的山谷和树林里。"我生于波登湖畔，/我死于肚子痛。""我是一个乡村教员，/鞭打了一辈子学童。"想生死问题，想得"最严重时"，冯至说，很想再翻开记录了山村墓碣的小册子。他自己看见过一块碑石，上面刻着：

"一个过路人，/不知为什么，/走到这里就死了。一切过路人，/从这里经过，请给他作个祈祷。"

这四行碑铭，让同是过路人的冯至异常感动，"觉得这个死者好像是自己的亲属，说得重一些，竟像是所有行路人生命里的一部分。"我想起冯至《十四行集》的第十六首，讲"关连"和"呼应"：我们经历的一切，都化成了我们的生命；我们也随着风吹水流，化成蹊径上行人的生命。

　　二十年前我十九岁，现在，我敢说自己快要"不惑"了？上面的三篇，分别写于一九二二、一九三四、一九四三年。今天重读，仍然觉得他们就像是在今天，对今天说话。

二〇〇六年六月六日

启发悲哀和苦感

许地山和周俟松认识后不久，两人互增爱慕，虽然后来他们终成眷属，可是初始的一段时间里他们的事遭到周俟松父亲的反对。周俟松的父亲说，许地山的面相和北师大校长范源濂有相似之处，范不幸短命，看来许地山也不寿。这真令人涌起一语成谶的哀感。许地山一九四一年在香港去世时尚不足四十九岁。

许地山的死，使他的学术研究过早中断，无法呈现出一个完整的面目，留给后人的是千古文章未尽才的感叹；特别遗憾的是，他生前将所著《道藏子目通检》送交香港商务印书馆付印，却在战争期间三万张稿卡散失无遗。对于他刊布于世的研究所得，陈寅恪在《论许地山先生宗教史之学》一文中说道："寅恪昔年略治佛道二家之学，然于道教仅取以供史事之补正，于佛教亦止比较原文与诸译本字句之异同，至其微言大义之所在，则未能言之也。后读许地山先生所著佛道二教史论文，关于教义本体俱有精深之评述，心服之余，弥用自愧，遂捐弃故技，不敢复谈此事矣。"而陈寅恪悼许地山的挽联，述及的则是许地山后期的生活情景和他们乱离中的交谊："人事极烦劳，高斋延客，萧寺属文，心力暗殚浑未觉；乱离相倚托，娇女寄庑，病妻求药，年时回忆倍伤神。"

与学术研究给人的强烈的中断之感不同，许地山的创作相对完整。虽然谁也无法假设如果许地山还活下去会怎么样，可是他兴趣和精力投入的转向在二十年代中后期已经显露出来。从一九二一年他在革新后的《小说月报》第一期上发表第一篇小说《命命鸟》，到一九二五年，小说集《缀网劳蛛》出版，同年散文集《空山灵雨》出版，这一段时间是许地山创作最旺盛的时期。三十年代创作数量明显减少，后来的著名的作品有《春桃》和逝世那年发表的《铁鱼底鳃》等。

许地山创作上的最可注意处，概而言之，就是"启发读者"的"悲哀和苦感，使他们有所慰藉，有所趋避"。这样一种自觉的意识首先是认识上的，获得这种认识即是开始从人生的盲目和昏聩中走出；而认识的结果是哀苦，同时又是对哀苦的平静接受，"在不可抵挡的命运中求适应"。(《序〈野鸽的话〉》)

表面上，许地山作品的光色十分耀眼，三十年代沈从文曾描述过这样的印象："在中国，以异教特殊民族生活，作为创作基本，以佛经中邃智明辨笔墨，显示散文的美与光，色香中不缺少诗，落花生为最本质的使散文发展到一个和谐的境界的作者之一。这调和，所指的是把基督教的爱欲，佛经的明慧，近代文明与古旧情绪，揉合在一处，毫不牵强地融成一片。作者的风格是由此显示特异而存在的。"光、色的异域性带来特殊的审美效果，可是这一点不能强调得过分，沈从文又说，"他用的是中国的乐器，是我们最相熟的乐器，奏出了异国的调子，就是那调子，那声音，那永远是东方的，静的，微带厌世倾向的，柔软忧郁的调子，使我们读到它时不知不觉发生悲哀了。"（《论落花生》）这种感受，恰合了作家的意愿。

许地山年轻的时候，曾有言曰："自入世以来，屡遭变难，四方流离，未尝宽怀就枕。"（《空山灵雨·弁言》）写出此话后至死还有二十年，可是生命的基本情形一直没有多大改变，这个早年自述大致含盖一生。

一九九六年十二月十二日

《缀网劳蛛》* 编后记

　　成仿吾在《创造》季刊第二卷第一期（一九二三年五月一日）发表《〈命命鸟〉的批评》一文，对许地山的处女作表示出十分的不以为然。其中写道："敏明与加陵同死时的氛围气太冷淡，我在前面已经说过。这样写出来，只显出了一些无意义的宗教的色彩，并且只是色彩，没有传出什么情绪。我想最好是使敏明于确知加陵不是对岸的命命鸟的时候，两人由欢情狂炎，拥抱着同投湖水，高歌着死的胜利。这样写出的时候，可以把全篇由无意义的宗教小说救起，变为近代的情绪。"

　　《命命鸟》发表于一九二一年一月的《小说月报》十二卷一期，假若成仿吾还看了许地山这以后的作品，他大概会感慨自己所开的

----

　　* 《缀网劳蛛》，"世纪的回响"丛书中的一种，珠海出版社一九九七年第一版。

"救起"之方全然无用，在我们所读到的许地山几乎全部的小说中，还包括几乎全部的散文中，乃至于我们一般了解的许地山其人，是很难找到类似于"欢情狂炎"、"拥抱着"、"高歌着"、"胜利"这样趋向强烈的"情绪"的。许地山既不属于当时文坛呼风唤雨式的人物，也无意追随时代和文坛中心的"呼唤"，自然也就显出与"主流"的距离。这种距离，使他的作品获得了"特殊性"的惊叹和赞美，同时也就几乎不可避免地遭致不够"近代"的指责，成仿吾在同一篇文章里甚至说，若专论某些地方，"差不多可以与那些恶劣的旧派小说同视"。

思想观念的隔阂恐怕是铲除不了的，单就艺术思想而论，许地山在《海世间》中明明借"文鳐"之口说过："凡美丽的事物，都是这么简单的。你要求它多么繁杂、热烈，那就不对了。"在我们一般接受了西洋传统小说观念的头脑看来，应该出现冲突、出现高潮的地方需要浓笔重彩，许地山却简略而过，而且避开了所谓的关键处。说"避开"好像是有意为之，如不少现代小说，而在许地山那里是非常自然而然地发生的，自然到好像没有意识到。比如《缀网劳蛛》里长孙可望的悔过和尚洁的回家，是全篇的突变，可是许地山的笔对此就像对主人公的日常生活一样，并不特别优待；这同尚洁的态度是对应的：尚洁说，"我是没有成见底，事情怎样来，我怎样对付就是。"后期代表作《春桃》没有前期作品中那样显明的理念支撑人物，春桃不同于尚洁，在紧要处不免自然而然地生出一些"情绪"，但这"情绪"，也只是"莫名其妙地纳闷"——"无量的尘土，无尽的道路，涌着这沉闷的妇人"，许地山的重笔，也就是如此。唯其没有显明的理念，内蕴反倒显得深厚，《春桃》可以说是铅华洗尽了。

既然说到了作品中的理念，也需要进一步申说。许地山的小说，一般总有它独特的哲理，虽然并非每篇如此，总体上看却不能不承认是一个十分显眼的特色；但人们对此所见分殊，褒贬不一。我想可以在两个层次上探讨这一问题：一、既然是以小说的形式传达的哲理，那么哲理的传达和小说本身的关系如何？二、假设哲理可以从小说中剥离出来，这一哲理本身是否具有意义？

《缀网劳蛛》这篇小说，不禁使人想起"纵身大化中，不喜亦不惧"这样的诗句来。读诗感悟其境界，小说则展示切实、具体的人生给我们看。尚洁不爱财富，不怕流言，不作辩白，不求理解。丈夫抛弃她，她平静地搬走；丈夫忏悔，再平静地搬回来。透过逆来顺受的表面，我们看到的却是非同寻常的沉静与坚毅。她对人生的理解，有两个精当的比喻：人生就同入海采珠，能得着多少，得着什么，不可预知，但每天都得入海一遭；人生又如蜘蛛结网，难保不破，但破了再补，照结不误——本分如此。如果我们读完小说仅得到这样的道理，那么很难说不是我们压抑了自己的审美能力，或者进一步说，我们在艺术感受上很低能。小说的宗教色彩（而不是宗教）与异域情调，特殊的氛围与场景，特殊的语言与意识，以及它的朴实典雅的风格和稍稍有些不可解的含蕴，化合成一种特殊的魅力。道理从魅力中显示，魅力却不能不是作品整体的文学魅力。这里可以借用钱锺书的论述明乎文学（诗、小说）与文学中的哲理之间的关系，

《谈艺录》里谈道："瓦勒利尝谓叙事说理之文以达意为究竟义，词之与义，离而不著，意苟可达，不拘何词，意之既达，词亦随除；诗大不然，其词一成莫变，长保无失。是以玩味一诗言外之致，非流连吟赏此诗之言不可；苟非其言，即无斯致。"《管锥编》里再次论证道："到岸舍筏，见月忽指，获鱼兔而弃筌蹄，胥得意忘言之谓也。词章之拟象比喻则异乎是。诗也者，有象之言，依象以成言，舍象忘言，是无诗矣，变象易言，是别为一诗甚且非诗矣。故《易》之拟象不即，指示意义之符也；诗之比喻不离，体示意义之迹也。不即者可以取代，不离者勿容更张。"如果我们仅仅把《命命鸟》、《商人妇》、《黄昏后》、《醍醐天女》等小说看作是"指示意义之符"，那何不直接去读论理文，倒要简捷得多。

许地山小说中的哲理，很像是论诗时所说的"诗贵有理趣，而反对下理语"的理趣，茅盾在《落华生论》（原载一九三四年十月一日《文学》月刊第三卷第四期）一文中说"《命命鸟》里没有什么'超人'之类的圣贤佛菩萨，只是一对恋爱不自由的青年的自杀，而这一对青年因为生活环境的关系，所以他们自杀的动机是带一点'佛教趣味'的"，是"佛教趣味"而不是佛教道理、佛教信仰，成仿吾大概没有理会艺术的理趣而只在意作品的意思，所以在我们提到的那篇文章里才会说出"不过这种浅薄的信仰心，我想只有那些自欺欺人的宗教徒可以肯定罢"这样的话来。但是小说和诗毕竟有些不同，以诗的标准衡量，小说一不小心就要"涉唇吻，落思维"，其理就是理语了。公允地说，许地山的作品，即事即理、事理凝合的时候多，但以事拟理的时候也有，况且许地山往往是用浅近直白的语言把理托出，容易给人造成"下理语"的印象。《商人妇》里"我"听了惜官坎坷经历的叙述后，叹道："呀！你底命运实在苦！"惜官反笑着说："先生啊，人间一切的事情本来没来什么苦乐底分别：你造作时是苦，希望时是乐；临事时是苦，回想时是乐。我换一句话说：眼前所遇底都是困苦；过去、未来底回想和希望都是快乐。昨天我对你诉说自己境遇底时候，你听了觉得很苦，因为我把从前的情形陈说出来，罗列在你眼前，教你感得那是现在的事；若是我自己想起来，久别，被卖，逃亡，等等事情都有快乐在内。"这样的理语，并不难懂，也算不上多么新鲜，从小说中剥离出来看，似乎有些空泛，但放在作品中，却让人感到生动、真切，而且饱满地融合了人生的领悟和情感。

虽然说文学中的哲理好处并不在于理念的通俗化或文学的抽象化，但既然涉及到了它，还是要尽可能弄明白它到底是什么，这就不免要施行剥离手术了。按照一般所接受的看法，认为许地山作品的哲理主要可以归结为两个方面：一是"爱"的宗教，一是"无我"、"虚空"观。前者既有佛家色彩，又有基督教成分，还有西方博爱学说的影响；后者立基于佛家思想，演化出一套立身处世之道。许地山作品的哲理与宗教有莫大关系，但我们一般人对他平生著述论及的佛教、道教、基督教，连皮毛尚且不敢说知道，哪里还能由浅入深地阐明。这里只好提及一下他的经历和思想文化背景，以资佐证：许地山生长于离乱忧患之中，母亲是虔诚的佛教徒，他年轻时又在佛教之城仰光做了两年教员，耳濡目染，比较容易接受佛教哲学。燕京大学文学院毕业后，许地山又入燕大神学院研读宗教，后又留学美、英，修读宗教史、比较宗教学、印度哲学等。一般认为，虽然许地山曾加入基督教会，但影响他人生观形成及其创作倾向的，主要还是佛学思想。

也许我们可以撇开宗教与许地山思想之间的关系不论，单从许地山创作中所表露出的观念取舍着眼。在"五四"新文学对人的发现的潮流中，许地山发现的，除了人的价值、尊严、权力之外，还有人自身的局限，他以一种温和的方式，劝诫世人破除自我迷恋的全能观。"无我"不仅是"与物无贪求，与人无争持"，更重要的是人对本身的局限及其处境的清醒认识。在短文《暗途》和《海》里，许地山极为醒目地标示出人的存在境况：或如暗夜行路，崎岖坎坷之外，还有毒虫野兽；或如在茫茫空海中遇着风狂浪骇。平常人希望有灯驱散黑暗，可是那位要走几重山夜路的人一定不要灯。他说："满山都没有光，若是我提着灯走，也不过是照得三两步远；且要累得满山底昆虫都不安。若凑巧遇见长蛇也冲着火光走来，可又怎么办呢？再说，这一点的光可以把照不着底地方越显得危险，越能使我害怕。在半途中，灯一熄灭，那就更不好办了。不如我空着手走，初时虽觉得有些妨碍，不多一会，什么都可以在幽暗中辨别一点。"茅盾《落华生论》里解释说："他把'灯'象征着'认识'、'理解'等等，他在这里指明了少许的'认识'或'理解'是危险的。""认识"或"理解"的有限正是人的局限的一面，它是不足恃的。在《七七感言》中，许地山明白地指出："知识是不能绝对克服意志底，我们所怕底是意志薄弱易陷于悲观底迷途的牧者。在危难期间，没有迷途的羔羊，有底是迷途的牧者。我底意思不是鼓励舍弃知识，乃是要指出意志要放在知识之上，无论成败如何……"认清局限却并不苟且、妥协，并不消极遁世或坐以待毙，实际上是无处可遁的，许地山倡言不计成败的意志，用《海》里的话来表示就是："在一切的海里，遇着这样的光景，谁也没有带着主意下来，谁也脱不了在上面泛来泛去。我们尽量划罢。"

以上拉杂所写，当然算不上对许地山创作的全面论述，只能算作阅读随感吧。许地山在世四十九年（一八九三年至一九四一年），创作的数量不多，生前出版了《缀网劳蛛》（一九二五年）和《解放者》（一九三三年）两本小说集，第三本小说集《危巢坠简》是家人在他逝世后编辑、一九四七年出版的。眼前的这本小说选共收十九篇作品，十八篇从以上三个集子中选入，《女儿心》一篇未入集，从原刊的《文学》杂志上选入。这十九篇作品基本上可以反映出许地山小说创作的面貌。特别是，许地山前期的小说在"五四"新文学中卓尔不群，别具特色，所以第一本集子《缀网劳蛛》中的十二篇作品全部编了进来，也就是列在前面的十二篇。这本小说选的编成得到了许多师长、朋友的帮助，谨表感谢，名字就不一一列出了。

一九九六年五月二十六日

许地山著《印度文学》

我对印度文学全然无知，却有一册许地山的《印度文学》，是商务印书馆一九三〇年十月的初版本。很朴素的小册子，纸张很结实柔韧，到现在竟完好无损。我无意做藏书家，纯粹是因为作者，见到就毫不犹豫地买了。作者于我有一种悠悠淡淡的吸引力，偏偏作者研究的学问我不懂，佛教、道教的研究之外，当然也记着他还成了一个基督徒。所以这吸引力就有些奇怪。几年前台湾业强出版出"中国现代作家读本丛书"，其中有《许地山读本》，编选者剩下的工作——为每一篇作品写导读，我也写得兴味益然。其实不过是些浅近直白的话，附在作品后面，完全是多余的，很可能出力不讨好，我却有创作般的心情。

前两天编好许地山的小说选集《缀网劳蛛》，有意犹未尽之感，深夜里乃找出《印度文学》的簿册子来读。讲的是印度文学的基本知识，简略陈述事实，没有作者的见解和感受，读来很枯燥。其中讲到："在《迦陀迦奥义书》（*Kathaka Upanishad*）里，'干慧'（疑，Tarka）这个字是指僧佉派底思想而言，以后便专用来做论理学家底名称。我国古师译作'干慧'，明其只有干燥的慧思，不讲情，只讲理。"写作《印度文学》这样的知识读物，大概有"干慧"就可以了吧。

　　许地山第一篇小说的第一段是这样开头的："敏明坐在席上，手里拿着一本《八大人觉经》，流水似地念着。她的席在东边的窗下，早晨底日光射在她脸上，照得她的身体全然变成黄金的颜色。"成仿吾在《〈命命鸟〉的批评》一文中指责道："……许地山君的观察未免太不的确了。早晨很微弱的日光，并且只射在脸上，就能照得全身全然变成黄色——这种现象我无论如何也想不起。"在《印度文学》里，看到几句话，似可移来回答成仿吾："我们再看《赞诵明论》里比较能表现原始思想底歌颂便觉得它们底文体也改变了，作者对于晓的赞颂很具有想象的能力，描写她从早晨带着她底金色光明赐福给人间。"晓即晓天。成仿吾和许地山所谈的，很有些南辕北辙。

　　讲到兴体诗的时候，一上来便说："无论世界上哪个地方，我们都可以理会人很喜欢将他的感兴和着乐器歌咏出来。人在工作时，饮食时，有所思虑和有所希望时，更喜欢那抒情或感兴的诗来满足或安慰自己。兴体诗在印度的术语里没有专名，只名为'弹箜篌而唱者'（Vainikas）。兴体诗家即是弹箜篌者。"这段话让我们更能体会一般所说的许地山作品的音乐性到底是什么，我们想到《黄昏后》，仿佛听到那忧而无告的关怀在荔枝园中亡妻坟前的弹唱。

《印度文学》一开始讲吠陀文学，有一小段文字似老生常谈，却颇可玩味。文如下："《赞诵明论》有一千多首诗，诗体种类极多，也不是出自一人之手。印度诗家诵这部明论直如我国人诵《诗经》一样。印度人每信那些诗都是诸天为启示古人而造，并非世人的手笔所能写得出来。一般的人虽然这样信，但书中的作者常显示他们忽略了诸天底启示。他们常说修饰他们的诗如木匠做车一样；有时说'我造这诗犹如工人的工作。'有些诗人也曾自己说明他们的作品是由于他们所奉之天神所启示。这启示的依托，自然能使那些圣典更被崇敬。"

一九九六年五月二十九日

莫须有先生言行录

冯文炳先生，他给自己起了个名字叫废名，后来就以废名名世；废名给他小说的主人公起名叫莫须有，莫须有与废名，差不多异曲同工。《莫须有先生传》和《莫须有先生坐飞机以后》，处处可见废名的影子，或者应该反过来说，废名是形，莫须有是影，形与影相随竞走，殊堪玩味。

莫须有先生下乡隐居，出城门看到一个人赶了一群猪，走到铁道口又目睹火车运了士兵去打仗，不觉掉了一颗大眼泪。乡间听妇女讲闲话，看见其中一个吃酸枣，便在一旁赞美这实在很是一位贤者，"一颗酸果嚼着善眼甚是天真，唉，人世色声香味触每每就是一个灵魂，表现到好处就不可思议。"

他的感受甚多，看似杂乱，但根由，也可以说是可怜人类，又敬重人类；可怜自己，又敬重自己。我们看到他的样子，差不多也就是，"高高的站在人生之塔上，微笑堕泪"。

莫须有先生一次赶路，独立江岸等船，望着过江人来来往往，不知怎的觉得很是寂寞，又觉得一个个男女渡客都于己有情。他要坐的轮船依然没有消息，江上有最后的一只过江船兜生意，但一个搭客也没有，莫须有先生不禁替舟子着急，寂寞得哭了。然后他就做了这只船的搭客——也就是说，他又回去了。

他回到江那边，又住了昨天晚上住过的客店。没料到在这里遇见了初恋却也一直不能忘情的鱼大姐。于是青灯语夜阑，第二天又各奔前程。再见又是几年过后，不期然回头，见鱼大姐与夫君比肩而立，携手而行，野花芳草，步步踏实；莫须有先生呢，他乡遇故知，连声问好，年少道貌，两袖生风，飞起沙鸥一片，落红成阵。

乡下一位大嫂问莫须有先生，有没有本领给一个还未见面的女子写一封信，使得她过一个不是日子，茶不思饭不想的。

"大嫂，我且问你，在我没有见她以前，依然是世界，世界就不可思议，说空无是处，有亦无是处，并不比人生之墓还可以凭一丘之草去想像，这个境界，于此于何有？于彼于何有？我何从而动尺素之怀呢？然而人生如萍水，天地并不幻：彼此一朝相见，在昔日之我我不敢说，或者有那样的本领也是有的，诚如尊言，过一个不是日子，如今我则甚是懂得爱情，兹事诚不易，尤其是在我这个可以拿生命而孤注一掷的性格，唉，斯亦可悲矣，在人生这个可笑而可敬之幕上，不可只想着表现自己，一定要躲在幕后亦殊自觉可耻，这样你锻炼你自己，或可在这个虚无何有之乡建筑得一座天国，但这个造谒恐怕不是汝辈妇人孺子所能企及，须得是一个大丈夫，大凡什么天堂，并不是自画一块乐地，若作如是想，那不过是市场上的鼠窃狗偷，心牢日拙，不足观也矣，他须得是面着地狱而无畏者，所谓我不入地狱谁入地狱，自然也最是深思远虑，凡事都踌躇着说话，难以称意，总之始终还是他的天资高人一等。"

莫须有先生的话是被记到传记里来了，但没有人懂得。他自己大概也知道没人要去懂他那一套，所以感慨："唉，人的一生完全是一个不应该被招待之客，入门各自媚，谁肯相为言，黄鹄游四海，中路将安归"，然后就嗤的一声笑了。

二〇〇四年三月六日

"你们是滚在无边的空间中，我也一样"

一

好几年前，来自韩国的女生李喜卿在复旦大学读中国现代文学研究生，论文是研究巴金的《随想录》。很多地方不懂，她的导师就一篇一篇地讲解。我跟她聊天的时候，问她，为什么要选巴金做论文呢？因为对于她来说，这实在是困难的。

她回答说："巴金是我的文学初恋。"

这句话让我一惊，却也一下子就明白了，她从是从哪里出发走到对一个作家晚年思想的理解和探索的道路上来的，也明白了她为什么要做一个很难的题目。

《随想录》平白如话，可是不容易懂，不仅对外国人如此，对中国人也同样如此。因为它浅显的文字下面蕴藏着丰富复杂的信息。

这些信息，不仅仅是巴金对自我喝了"迷魂汤"的严厉谴责和忏悔，对"文革"这样的民族大悲剧的深刻反省；还有另外一个层次。

今年春天的一个周日，我事先没打招呼就敲开了陈思和老师的家门，进来一看，才知道打搅了一个课堂。围坐了一圈的研究生正在讨论《随想录》，我也坐下来听。陈老师说，《随想录》包含着《随想录》写作的时代的信息，而这个方面的信息，被忽略了。

我想这是一个重要的提醒：《随想录》不仅仅是关于过去时代的信息，而且就包含了与巴金写作《随想录》同时进行着的时代和社会复杂变化的信息，以及在这个过程中巴金本人的心灵信息。一百五十篇随想录，第一篇《谈〈望乡〉》写于一九七八年十二月，最后一篇《怀念胡风》写于一九八六年八月，"文革"后的这些年份，中国社会的变化、个人心灵的变化，那是多么丰富、曲折和艰难。

二

六十多年前，在一篇非常短的散文《星》里，巴金写道：

在一本比利时短篇小说集里，我无意间见到这样的句子：
"星星，美丽的星星，你们是滚在无边的空间中，我也一样，我了解你们……是，我了解你们……我是一个人……一个能感觉的人……一个痛苦的人……星星，美丽的星星……"
我明白这个比利时某车站小雇员的哀诉的心情。好些人都这样地对蓝空的星群讲过话。

最后，巴金说："在我的天空里星星是不会坠落的。想到这，我的眼睛也湿了。"

一九九九年七月二十八日，经国际小天体命名委员会批准，1997WA22 小行星（国际永久编号 8315）被命名为巴金星。"你们是滚在无边的空间中，我也一样，我了解你们……我是一个人……一个能感觉的人……一个痛苦的人……"

三

一九八八年五月十日，巴金的老朋友沈从文去世，巴金让赴京的女儿李小林前去吊唁。一连几天，巴金翻看北京和上海的报纸，想知道老友最后的情况，可是他却找不到这个名字。后来才看到短到不能再短的报道。熟人跟巴金说，领导不表态，不知道用什么规格发表消息。巴金对这样的"规格学"表示了强烈的愤怒。

巴金把他的愤怒写进了《怀念从文》。接着他又写道："这个时候小林回来了，她告诉我她从未参加过这样感动人的告别仪式，她说没有达官贵人，告别的只是些亲朋好友，厅子里播放死者生前喜爱的乐曲。……没有哭泣，没有呼唤，也没有噪音惊醒他，人们就这样平静地跟他告别，他就这样坦然地远去。小林说不出这是一种什么规格的告别仪式，她只感觉到庄严和真诚。我说正是这样，他走得没有牵挂、没有遗憾，从容地消失在鲜花和绿树丛中。"

《怀念从文》写到结束的地方，巴金又陷入到严厉的自遣之中。他是那么清醒——

　　我还记得兆和说过："火化前他像熟睡一般，非常平静，看样子他明白自己一生在大风大浪中已尽了自己应尽的责任，清清白白，无愧于心。"他的确是这样。

　　我多么羡慕他！可是我却不能走得像他那样平静、那样从容，因为我并未尽了自己的责任，还欠下一身债，我不可能不惊动任何人静悄悄离开人世。那么就让我的心长久燃烧，一直到还清我的欠债。

　　经过了漫长的精神的煎熬、衰老的侵蚀、病痛的折磨，巴金，五四新文化的产儿，一个痛苦的老人，终于能够安息了。

　　　　　　　　二○○五年十月十八日，巴金逝世次日。

刘西渭的孤独

李健吾手出多面，戏剧、翻译、外国文学研究、文学批评，都有不俗成就。不仅多面，而且快，下笔如纵马，飞扬驰骋。我猜测，李健吾的多面和快，也许是不自觉地掩盖内心的寂寞和孤独吧。至少表面上热闹了。

他以刘西渭的名字写文学评论，一九三六年集成《咀华集》，一九四二年集成《咀华二集》，最近复旦大学出版社把两本小册子合订重印，借着"新书"出版这个机会再读一遍，愈发觉得他的批评的孤独。

他写评论，总是"不得不在正文以前唱两句加官"，说的是批评是怎么回事。为什么"不得不"呢？如果大家都知道、都理解批评是怎么回事，他也就不必要说了。但是他这么苦口婆心地解释，是不是大家就知道了、就理解了呢？他的几句加官是不是白唱了呢？

他说批评，"它有它的尊严。犹如任何种艺术具有尊严；正因为批评不是别的，也只是一种独立的艺术，有它自己的宇宙，有它自己深厚的人性做根据。"批评并非是寄生于作品的，哪怕批评的作品是杰作，"最后决定一切的，却不是某部杰作或者某种利益，而是他自己的存在，一种完整无缺的精神作用，""如若他不能代表一般的见解，至少他可以征象他一己的存在。"

他评论巴金的作品，引出巴金的"自白"，两位朋友之间展开辩驳，他说："我无从用我的理解钳封巴金先生的'自白'，巴金先生的'自白'同样不足以强我影从。"他阐释另一位朋友卞之琳的诗，卞之琳以为不妥甚至"全错"，可是他说："我的解释如若不和诗人的解释吻合，我的经验就算白了吗？诗人的解释可以攥掉我的或者任何其他的解释吗？不！一千个不！幸福的人是我，因为我有双重的经验，而经验的交错，做成我生活的深厚。诗人挡不住读者。"

他是强辩么？他有自己的根据，也即批评的根据。"批评之所以成功一种独立的艺术，不在自己具有术语水准一类的零碎，而在具有一个富丽的人性的存在。""他有自己做人生现象解释的根据"，"即使错误，也有自己整个的存在作为根据，他不是无根的断萍，随风逐水而流。"

这样的批评的骄傲，要人理解，不是一件容易的事；另一面，刘西渭批评的谦逊，也同样不容易理解。他不相信批评是一种判断，而强调科学、公正、综合的分析；他用自我的存在来做解释的根据，同时却清醒地意识着，"自我不是最可靠的尺度"；他说批评应当有理论，合学问与人生而得来的理论，但是理论只是佐证，而不是标准；"一个批评家应当从中衡的人性追求高深，却不应当凭空架高，把一个不相干的同类硬扯上去。普通却是，最坏而且相反的例子，把一个作者由较高的地方揪下来，揪到批评者自己的淤泥坑里。"

法朗士有言，"批评是明敏和好奇的才智之士使用的一种小说，而所有的小说，往正确看，是一部自传。好批评家是这样一个人：叙述他的灵魂在杰作里面的探险。"刘西渭的文学批评，也可以说是他的艺术创作，卞之琳说，其特色就在于"往往产生近于戏剧性的效果，时令人惊见"（《追忆李健吾的"快马"》）；唐湜谈起他对《边城》的评论，说："不仅小说家沈从文写活了他的人物，他的湘西故乡，而且，批评家刘西渭也写活了他的人物，他的小说家沈从文。"（《含英咀华》）

对于《边城》的评论，沈从文大多不以为意，却独许刘西渭在这部作品里面的"灵魂的冒险"。刘西渭说沈从文的小说"具有一种特殊的空气，现今中国任何作家所缺乏的一种舒适的呼吸。"又说，如果有人问他是欢喜《边城》还是欢喜《八骏图》，"我会脱口而出，同时把'欢喜'改做'爱'：我爱《边城》！"多少年以来我们的文学批评，会谈论"空气"和"呼吸"么？你看看今天的评论短章或长文，你能看出文章作者是喜欢还是不喜欢他谈到的那些作品么？更不要说爱不爱了。

我其实是知道一些理论家和批评家的不以为然的：这算什么？印象派，感受，直觉，鉴赏，如此而已。而且我知道当他们用这些词的时候，是在一种比起他们的理论、学问和批评来要低一等的意义上用的。他们中有人会很公允地说，很有文采啊，文章很漂亮啊，可是仔细看去，里面是没有东西的啊。

就算你们说得对。那请用你们的理论和学问解释一下这段话，出自"印象派"批评家刘西渭的《边城》"鉴赏"，因为他自己只能说到这个程度而已，再深一点，就靠你们了："作者的人物虽说全部良善，本身却含有悲剧的成分。唯其良善，我们才更易于感到悲哀的分量。这种悲哀，不仅仅由于情节的演进，而是自来带在人物的气质里的。自然越是平静，'自然人'越显得悲哀：一个更大的命运影罩住他们的生存。这几乎是自然一个永久的原则：悲哀。"

二〇〇五年六月七日

钱锺书挖苦胡适

钱锺书读大学的时候写《中国新文学的源流》书评，批评周作人根据"文以载道"和"诗以言志"来分派，说"诗"是"诗"；"文"是"文"，各有各的规律和使命，可以并行不背，无所谓两"派"。虽然是极短小的文章，还是讲了在传统的文学批评上的道理。

《中国诗与中国画》旧话重提，却不耐烦从传统的文学批评上多做辨析，而是打了个比方：好比说"他去北京"、"她回上海"，或者"早点是稀饭"、"午餐是面"，相互并不矛盾；你把它变成"顿顿都喝稀饭"与"一日三餐全吃面"，或者"两口都上北京"与"双双同去上海"，就是相互排除的命题了。这个比方的好处是清楚明了，但也把复杂的问题简化了。这一简化，就挖苦了。好像周作人连一个人可以早点喝稀饭、午餐吃面也不懂，非得要么是顿顿喝稀饭，要么是三餐全吃面。

讲中国诗与中国画，本也不必提文学批评史上的问题，钱锺书在这里是举个例子，说明对传统不够理解，会发生矛盾的错觉。既是举例，当然也可以举别的例子。偏偏举这个例子，或许多少可以见出"耿耿于怀"的"偏爱"。

但这被我不恰当地称为"耿耿于怀"的"偏爱"，并非只是针对周作人的，"载道"、"言志"两派对立的说法成了常谈，新文学家尤其喜欢以此为据阐发主张。对新文学家，特别是新文学家的主将（一般的新文学家当然不在眼里），钱锺书真是不够客气。

以《七缀集》挖苦胡适为例。《七缀集》所谈，基本与新文学无关，胡适本来可以不提；事实上，下面举的几个例子，出自《中国诗与中国画》和《林纾的翻译》两篇文章，在《旧文四篇》（上海古籍出版社，一九七九年）的版本里都没有提到胡适，到《七缀集》就加上去了。

《中国诗与中国画》第一部分讲到旧传统和新风气，提到周作人，《旧文四篇》版本里是这么说的："三十年代中国有些批评家宣称明代'公安'、'竟陵'两派的散文为'新文学源流'"；到《七缀集》的版本，拉上胡适，这一段文字就不仅仅是多个例子了："我们自己学生时代就看到提倡'中国文学改良'的学者煞费心机写了上溯古代的《中国白话文学史》，又看到白话散文家在讲《新文学源流》时，远追明代'公安'、'竟陵'两派。这种事后追认先驱（préfiguration rétroactive）的事例，仿佛野孩子认父母，暴发户造家谱，或封建皇朝的大官僚诰赠三代祖宗，在文学史上数见不鲜。"

接下去说这样做会影响创作，也改造传统；但抢眼的，还是"野孩子"、"暴发户"、"封建大官僚"并排而来的比喻，仿佛一个不够，两个也不足（《旧文四篇》版本里只"暴发户"和"野孩子"），非要一口气并排三个才算圆满。

当年亚东书局标点重印《醒世姻缘传》，胡适隆重其事，费时费力做《〈醒世姻缘传〉考证》，写后记，还在自己家里把徐志摩关了四天写长序。《林纾的翻译》讲到林纾的"古文义法"，引李葆恂《旧学盦笔记》里关于《儒林外史》的评价，钱锺书在这里加了一条注释，由《儒林外史》说到《醒世姻缘传》，引李氏对《醒世姻缘传》的评价之外，又引李慈铭《越缦堂日记补》、黄公度《与梁任公论小说书》里对该书的推崇之言，然后说："这几个例足够表明：晚清有名的文人学士急不及待，没等候白话文学提倡者打鼓吹号，宣告那部书的'发现'，而早觉察它在中国小说里的地位了。"

林纾翻译《巴黎茶花女遗事》，有一段原文二百十一个字，林纾只用十二个字来译："女接所欢，嫄，而其母下之，遂病"。嫄，妇人妊身也。胡适在他的名文《建设的文学革命论》里抓林纾的把柄，却错引了，《七缀集》版的《林纾的翻译》因此多了这么一条注释："林纾原句虽然不是好翻译，还不失为雅炼的古文。'嫄'字古色烂斑，不易认识，无怪胡适错引为'其女珠，其母下之'，轻蔑地说：'早成笑柄，且不必论'（《胡适文存》卷一《建设的文学革命论》）。大约他以为'珠'是'珠胎暗结'的简省，错了一个字，句子的确就此不通；他又硬生生在'女'字前添了'其'字，于是紧跟'其女'的'其母'变成了祖母或外祖母，那个私门子竟是三世同堂了。胡适似乎没意识到他抓林纾的'笑柄'，自己着实赔本，付出了很高的代价。"

钱锺书年轻时即卓尔不群，赢得声名，他父亲钱基博在三十年代初给他的信里多有训诫："勿以才华超绝时贤为喜，而以学养不及古贤人为愧！"还曾特别说过："我望汝为诸葛公，陶渊明，不喜汝为胡适之，徐志摩！"

二〇〇九年八月八日

读《林徽因文集》

这几年关于林徽因的文字，专门谈的，和谈别的人与事牵连涉及的，实在不能算太少。这些文字所建立起来的林徽因的形象，互相之间不免冲突，有时让人觉得可感可及，有时又遥远模糊，而某些不经的言传，又很难让人放心地接受。这个时候百花文艺出版社出版《林徽因文集》，为了解和研究林徽因提供了最基本的根据。文集分文学、建筑两卷，是目前汇集林徽因各类文字最全的版本。一个实实在在的形象，应该立在她自己的实实在在的文字之上。

林徽因是一个什么样的人呢？看看她本人的说法吧。文集收有四十余封信，从这些私信中可见她从留学时期到晚年的种种真切情形。一九三六年，沈从文为自己"横溢的情感"上的苦恼写信给林徽因求助，林徽因回信把自己的想法说给沈从文"参考"，她承认自己"也常常被同种的纠纷弄得左也不是右也不是"，"不过我同你有大不同处：凡是在横溢奔放的情感中时，我便觉到抓住一种生活的意义，即使这横溢奔放的情感所发生的行为上纠纷是快乐与苦辣对渗的性质，我也不难过不在乎。我认定了生活本身原质是矛盾的，我只要生活；体验到极端的愉快，灵质的，透明的，美丽的近于神话理想的快活，以下我情愿也随着赔偿这天赐的幸福，坑在悲痛，纠纷失望，无望，寂寞中捱过若干时候好像等自己的血来在创伤上结痂一样！一切我都在无声中忍受默默的等天来布置我，没有一句话说！"

林徽因像沈从文一样是个特别善于在给亲近的人的书信中充分表达情绪和思想的人，她在这封长信中还说，"人活着的意义基本的是在能体验情感。"这是一层意思；"能体验情感还得有智慧有思想来分别了解那情感——自己的或别人的！"这又是一层意思；进而，"如果再能表现你自己所体验所了解的种种在文字上——不管那算是宗教或哲学，诗，或是小说，或是社会学论文——（谁管那些）——使得别人也更得点人生意义，那或许就是所有的意义了——不管人文明到什么程度，天文地理科学的通到哪里去，这点人性还是一样的主要一样的是人生的关键。"这一段话，对于理解林徽因数量不多的文学创作，富有特殊感染力的文学活动，终身投注的建筑事业，乃至于她全部的生活，都可能有基本的启示。

秀外慧中，一代才女，这似乎是最容易用到林徽因身上的词了。可是在中国的词汇所散发的复杂信息里，才子、才女的"才"，除了直接表面的意思之外，还总是特别容易与浪漫的、反常规的想象联在一起，同时排斥日常性的、平实的联想。说林徽因是才女，它的意思肯定不是说林徽因是一个在艰难困苦中做了大量工作的人。但是如果没有这一面，就没有作为建筑学家的林徽因及其在此领域的重要贡献。而在这一领域，除了铭记她不凡的成就之外，还应该铭记另一面的历史。林徽因的儿子梁从诫说得好，"在古建筑的研究和保护工作中，人们应当知道的，也许还不只是她的成功，而更是她的那些重大的失败。"当年她和梁思成等同道竭力想要把古城北京作为一个"活的博物馆"保存下来，却在"矗立的新观念"面前徒劳抗争，节节败退，后来在关于北京古城墙存废问题的争论中终告彻底失败。她留下这样一句话："有一天，他们后悔了，想再盖，也只能盖个假古董了。"

　　"矗立的新观念"是林徽因自己的概括，早在一九三七年，它就令人不安地出现在《古城春景》的短诗当中："时代把握不住时代自己的烦恼——/轻率的不满，就不叫它这时代牢骚——/偏又流成愤怨，聚一堆黑色的浓烟/喷出烟囱，那矗立的新观念，/在古城楼对面！"在这里，"矗立的新观念"有一个突兀的形象：喷着浓烟的烟囱。它释放出追求工业文明和现代性实验的巨大力量，这种力量可不在乎传统不传统，文化不文化。在这种怪物似的力量的比照之下，林徽因对"建筑意"——她自己造出来的一个词——的沉浸和维持，不仅不合时宜，而且分明是逆历史潮流而动了。于她自己，势不得不如此。在一九三二年的《平郊建筑杂录》里，她不禁写道："无论哪一个巍峨的古城楼，或一角倾颓的殿基的灵魂里，无形中都在诉说，乃至于歌唱，时间上漫不可信的变迁；由温雅的儿女佳话，到流血成渠的杀戮。……眼睛在接触人的智力和生活所产生的一个结构，在光影恰恰可人中，和谐的轮廓，披着风露所赐与的层层生动的色彩；潜意识里更有'眼看他起高楼，眼看他楼塌了'凭吊兴衰的感慨；偶然更发现一片，只要一片，极精致的雕纹，一位不知名匠师的手笔，请问那时锐感，即不叫他做'建筑意'，我们也得要临时给他制造个同样狂妄的名词，是不？"

一九九九年七月九日

林徽因一生中的几个情景

读《林徽因文集》，能够从中读出她自己的形象。她的文字，特别是向友人报告生活、情绪、思想的书简，可以当成有意无意间写出的"自传"。我们且只看几个情景。

六岁出水痘，被孤独地囚禁在房屋里养病。"那时大概刚是午后两点钟光景，一张刚开过饭的八仙桌，异常寂寞地立在当中。桌下一片由厅口处射进来的阳光，泄泄融融地倒在那里。一个绝对悄寂的周围伴着这一片无声的金色的晶莹，不知为什么，忽使我六岁孩子的心里起了一次极不平常的振荡。……为什么那片阳光美得那样动人？"她顺手摆弄一只灵巧的镜箱，听着窗外断续的鸟语，"心里却仍然为那片阳光隐着一片模糊的疑问。"（《一片阳光》）

少女时代在英国读书，独自看雨，一个人吃饭，咬着手指头哭——"闷到实在不能不哭！理想的我老希望着生活有点浪漫的发生，或是有个人叩下门走进来坐在我对面同我谈话，或是同我同坐在楼上炉边给我讲故事，最要紧的还是有个人要来爱我。我做着所有女孩做的梦。而实际上却只是天天落雨又落雨，我从不认识一个男朋友，从没有一个浪漫聪明的人走来同我玩——实际生活上所认识的人从没有一个像我所想象的浪漫人物，却还要加上一大堆人事上的纷纠。"（一九三七年十一月致沈从文）

三十年代初和梁思成等去山西做古建筑调查和实测，山山水水，小堡垒，村落，反映着夕阳的一角庙，一座塔，"美得到处使人心慌心痛。""旬日来眼看去的都是图画，日子都是可以歌唱的古事。黑夜里在山场里看河南来到山西的匠人，围住一个大红炉子打铁，火花和铿锵的声响，散到四团黑影里去。微月中步行寻到田陇废庙，划一根'取灯'偷偷照看那了望观音的脸，一片平静几百年来，没有动过感情的，在那一闪光底下，倒像挂上一缕笑意。"（《山西通信》）

抗战南迁，到长沙暂居，日机空袭，"当时我们——外婆、两个孩子、思成和我都在家。两个孩子都在生病。没人知道我们怎么没被炸成碎片。听到地狱般的断裂声和头两响稍远一点的爆炸，我们便往楼下奔，我们的房子随即四分五裂。全然出于本能，我们各抓起一个孩子就往楼梯跑，可还没来得及下楼，离得最近的炸弹就炸了。它把我抛到空中，手里还抱着小弟，再把我摔到地上，却没有受伤。同时房子开始轧轧乱响，那些到处都是玻璃的门窗、隔扇、屋顶、天花板，全都塌了下来，劈头盖脸地砸向我们。我们冲出旁门，来到黑烟滚滚的街上。"（一九三七年十一月致费慰梅、费正清）

一九四〇年冬，营造学社随中央研究院历史语言研究所从昆明迁至川西的一个小江村李庄。林徽因在这里的日子贫病交加。在四一年八月给费慰梅、费正清的信里，她谈到她和梁思成、金岳霖，用了一个比喻："思成是个慢性子，愿意一次只做一件事，最不善处理杂七杂八的家务。但杂七杂八的事却像纽约中央车站任何时候都会到达的各线火车一样冲他驶来。我也许仍是站长，但他却是车站！我也许会被辗死，他却永远不会。老金（正在这里休假）是那样一种过客，他或是来送客，或是来接人，对交通略有干扰，却总能使车站显得更有趣，使站长更高兴些。"

还是在李庄，一九四三年，林徽因给费慰梅、费正清的信里谈到她病榻上读的书："顺便说起，我读的书种类繁多，包括《战争与和平》、《通往印度之路》、《狄斯累利传》、《维多利亚女王》、《元代宫室》（中文的）、《北京清代宫殿》、《宋代堤堰及墓室建筑》、《洪氏年谱》、《安那托里·费朗西斯外传》、《卡萨诺瓦回忆录》、莎士比亚、纪德、萨缪尔·巴特勒的《品牌品牌品牌》，梁思成的手稿、小弟的作文，和孩子们爱读的《爱丽丝漫游奇境记》中译本。"据梁从诚回忆，母亲读书时有所感，可是苦于无人交流，只好对着一对小儿女——两只小牛弹琴。

一九九九年七月二十八日

深夜赛跑的赤子

新文化传统中的那种现实的战斗精神，在胡风的身上一直充溢着，所以他的一生中，很少有解脱出来、精神放松的时刻吧。唯其如此，这样的片刻从胡风身上表现出来，就特别地感动人。一九三五年初在上海，经由鲁迅的关系，胡风认识了萧军和萧红，《胡风回忆录》（人民文学出版社一九九三年第一版）里留下了这样一段记叙："一次，我们从鲁迅家出来后已经深夜了，电车已停，只好步行回法租界。总有十多里远吧，我们走着一路谈笑，毫无倦意。终于，萧红和我赛起跑来了，萧军在后面鼓掌助兴。完全没有想到这是危险的，万一巡捕拦住讯问身份和住址，那很可能惹出祸来。两三天后，鲁迅先生在给我的信里说，不要在马路上赛跑，就是指的这事。我们在兴奋中一点没有想到危险。"在这短暂的时间里，胡风好像一下子到了他所置身的环境之外，好像没有人事纠缠，没有是是非非需要去争斗，胡风只是一个深夜赛跑的兴奋的赤子。

一九三八年九月在武汉，胡风住处小朝街被敌机轰炸，围墙坍塌。胡风撤离武汉到重庆去之前，到住过将近一年的小屋里清理杂物。"艾青送我的白磁胆瓶仍在，擦干净后显得那么白洁透亮，但我将过逃难的生活，只好将它留下。到院里采了一朵仍在盛开的花，插在里面，和笔砚等一起，照样放好，看去我仍将在这里写文章看稿件。我怅怅地望了一会，好像平常出门一样，慢慢地走了！"正如胡风难得解脱放松片刻一样，在严酷的现实中，胡风的真挚、柔情往往被掩盖了，很少有表露的机会。我们大概比较容易了解到，胡风是条血性的湖北汉子，脾气可以说是坏，我们的眼光还比较容易为一些如文学论争之类的事情所吸引，我们却不大能够想到，一个将要逃难的人，在敌机的飞旋轰炸如一日三餐的情形下，采一朵花插在朋友送的洁白透亮的磁胆瓶里。到处都是断垣残壁，仍然不能证明人内心的荒芜。

胡风的回忆录先是在《新文学史料》上连载，胡风写到抗战期间撤离武汉，以后的部分是亲属根据他生前的手稿、日记、书信等材料整理编写的。成书时梅志在《编写后记》中哀叹胡风未能完成这部作品，说"我接着完成的那一部分，相形之下就差得太远了。"其实梅志那种用原始材料，"不是亲身经历的、没有根据的、不了解不清楚的，就不写进去"的做法，使这本书具有真正的价值。比如下面这一看法："读了几十页罗曼·罗兰的《托尔斯泰传》。作者自己兴奋地抒起情来了，恐怕不是真的托尔斯泰罢。"这可能是从胡风一九三八年九月三十日的船上日记里直接抄录下来的，对于全面了解胡风的文艺理论和具体的见解，是有意义的。

重庆前期胡风一家的日常生活，有惊心动魄的几幕。梅志怀了第二个孩子，腹痛要生产时用滑竿抬着跑了三家医院，两家没床位不收，一家价钱太贵不能住，最后只好又抬回旅馆里。刚生下一女孩，忽然警报大响，旅馆里立即人去楼空。"我不能离开刚生下孩子的产妇，她可能是刚才使了太大的劲，现在是那么地平静，简直好像没有听到飞机的轰鸣似的，完全沉浸在做母亲的幸福中了。我坐在她身旁，紧紧地握着她的手，想着，要是被炸中了，就死在一起吧。"女孩出生的第十天，半夜里发现被老鼠咬得满头满脸都是血，鼻子、嘴唇、耳朵和脸颊都被咬伤了。这个女孩子就是张晓风，半个多世纪之后，她写了一本《九死未悔：胡风传》，最近由台湾业强出版社出版。

《胡风回忆录》所述颠沛流离的生活，如果没有不显眼的M——梅志，不知会是另外的什么样子。回忆录使我对与胡风一生荣辱与共的梅志更加肃然起敬，"伟大"这样的词，用在这样的女性身上，比平常许许多多男性伟人对它的占有要贴切得多。梅志今年八十多岁，我听贾植芳先生说，她这些年一直在写胡风传，今年春天给贾先生的信里说：她终于写完了，六十万字，把稿子整理好，默默地放在胡风遗像前，了却了这么多年的心愿。

一九九六年六月五日

"我的骨骼里树立着它永恒的姿态"

——牛汉和《悼念一棵枫树》

《悼念一棵枫树》是一九七三年写的，那时牛汉在湖北咸宁干校从事繁重的劳役，经常在泥泞的山间小路上弓着腰身拉七八百斤重的板车，浑身的骨头严重受损，睡觉翻身都困难。

牛汉是"七月派"的代表诗人，这个流派因胡风在抗战中创办的《七月》杂志而得名，是一个年轻的青年创作群体。一九五五年胡风案发生后，这个群体的成员遭受了集体性的严酷打击，牛汉自然不例外。在文革中的一九六九年九月到一九七四年末，牛汉下放到咸宁。咸宁的一座小山丘就成为《悼念一棵枫树》这首诗的"故乡"。"有一些诗，它们的出生和经历的坎坷的命运，我都一清二楚。作为作者的我与它们几乎是同体的生命。"

这首诗是怎么孕育和出生的呢？

那几年，劳动的间隙，牛汉常到村边的一座小山丘上，那里"立着一棵高大的枫树，我常常背靠它久久地坐着。我的疼痛的背脊贴着它结实而挺拔的躯干，弓形的背脊才得以慢慢地竖直起来。生命得到了支持。"牛汉的背脊到老年仍然没有弯曲，他觉得是这棵枫树"挺拔的躯干一直在支持着我，我的骨骼里树立着它永恒的姿态，血液里流淌着枫叶的火焰。"

　　枫树伟岸的姿态，它宽阔的掌形叶片映着阳光所燃起的赤忱的火焰，让牛汉感念不已。他几次写信给学木刻的儿子，让他来看望这棵枫树，把它的形象画下来。

　　"一天清晨，我听见一阵'嗞拉嗞拉'的声音，一声轰然倒下来的震响，使附近山野抖动了起来，随即闻到了一股浓重的枫香味。我直觉地觉得我那棵相依为命的枫树被伐倒了……我颓然地坐在深深的树坑边，失声痛哭了起来。村里的一个孩子莫名其妙地问我：'你丢失了什么这么伤心？我替你去找。'我回答不上来。我丢掉的谁也无法找回来。那几天我几乎失魂落魄，生命像被连根拔起，过了好几天，我写下了这首诗……我不能让它的伟大形象从天地间消失。我要把它重新树立在天地间。"

　　这首诗到一九八一年发表，引起强烈的反响。有人探讨这首诗的象征性、现实意义。可是牛汉说："我悼念的仅仅是天地间一棵高大的枫树。我确实没有象征的意图，我写的是实实在在的感触。这棵枫树的命运，在我的心目中，是巨大而神圣的一个形象，什么象征的词语对于它都是无力的，它不是为了象征什么才存在的。"

那么，这首诗，一棵被伐倒的枫树，为什么能够引起很多人内心的共鸣呢？"当然，血管里流出来的是热的红的血，当时身处绝境的我的心血里必然浸透着那段历史的痛楚和悲愤，我感同身受。"作者的感同身受，用语言表达出来，唤起了读者的感同身受。相比直接、朴素的描述，有意识地运用象征、影射等技巧，反倒可能不足以表达巨大的历史创痛和命运悲剧。

更值得去深思的问题是：为什么牛汉能够直接、朴素地去描述一棵树？为什么他能听到枫树倒下的声响，闻到枫树内部散发的芬芳，看到一圈圈年轮涌出的一圈圈泪珠？为什么他感受得到枫树的倒地，仿佛村边的山丘低下了头颅？难道他个人的困境和命运还不足以占满他的感官和心灵么？他怎么可能这么全身心去感受一棵枫树——"仅仅是天地间一棵高大的枫树"？

就是在这个地方，诗人牛汉表现出特别珍贵的既承担命运重压、又接受命运洗礼的品质。一方面，巨大的灾难没有把他压垮；另一方面，"那时我失去了一切正常的生存条件，也可以说，卸去了一切世俗的因袭负担，我的身心许多年来没有如此单纯和素白。我感到难得的自在，对世界的感悟完整地只属于自己了，孤独的周围是空旷，是生命经过粉身碎骨的冲击和肢解之后获得的解脱，几乎有再生的喜悦。这种喜悦默默地隐藏在心里。"

这是生命的奇迹。在那样不堪的情境中，诗人恢复了身心的"单纯和素白"，获得了"对世界的完整感悟"，感受着孤独周围的空旷，隐藏着"再生的喜悦"。有了这样再生的生命，才可能用他的感官和心灵，去与一棵枫树相遇，与一棵高大的枫树被伐倒的命运相遇。

读《悼念一棵枫树》，最好同时读诗人为这首诗写的《一首诗的故乡》。上面的引文，就出自这篇短文。

二〇〇五年八月二十日

旧北平的调子和成长的歌

　　林海音（一九一八——二〇〇一）从五十年代初期开始文学创作，一九六〇年出版了她最重要、影响最大的作品《城南旧事》。但她为大陆读者所熟知则要晚得多，大约是《城南旧事》在中国内地搬上银幕，并荣获马尼拉第二届国际电影节金奖之后。读者对林海音表现出的热心，不能不说跟一种"反差"效果有关：一位台湾作家，最优秀的作品却是写旧北平的生活，而且和一般写北京生活的作品相比别具特色。这其中的原委，颇耐人琢磨。

　　林海音是台湾苗栗人，出生于日本大阪，幼年随父母从台湾迁居北平，一住就是二十五年，直至一九四八年和丈夫、孩子一起回台湾。林海音自己说："北平是我住了四分之一世纪的地方。读书、做事、结婚都在那儿。度过的金色年代，可以和故宫的琉璃瓦相媲，因此我的文章自然离不开北平。有人说我'比北平还北平'，我觉得颂扬得体，听了十分舒服。"这样一种对于往日居住地的感情是很容易理解的，特别是怀着此种感情的人是在那里经历了一生中最重要的阶段，完成了人生中的几件"大事"。

但林海音对旧日北平不仅仅怀有一种"住出来"的感情，一种仅因时间的作用由习惯产生的感情，她以能和这座老城结下不解之缘为荣为幸，分明是在人与城之间，隐含着某种契合和沟通。这座城市不是街道和房子的无机拼凑，它自身久远的历史慢慢积淀成特有的文化内涵，渗透进老城的每一处。要在这里住得舒心的人，就必须具备某种气质、情趣、精神和修养，他们要和这里特有的文化氛围相适应，进而达到人与城之间的互相投射和互相印证。林海音有幸能够获得这样的体验，多少有些受益于她的父亲。她的父亲林焕文，出身于书香门第，早年受到中国传统文化的熏陶，又精通日文，是那一代知识分子中的佼佼者，曾执教新竹县的新埔公学，台湾著名作家吴浊流少年时在这里从他受业。年轻时的林焕文，给人一种不安分的印象：东跑西颠，不肯定居。但到一九二二年，举家迁往北平后，这个跑来跑去的人却从此安稳下来，至死再没有思迁别处。北平"抓住"了他。他以前跑来跑去除了好动的性格使然外，更表明那段时期内他没找到适合自己的地方。他有浓厚的旧文人气质，爱好优雅、享乐和安静的生活，他找到了北平，感到和北平相亲相投，感到只有在北平，他才得到了如鱼得水、温馨快乐的生活。在林海音回忆父亲的文字里，很容易感受到林焕文的气质和情趣，随手可以摘出一段来：

……父亲爱花是真的。我有一个很明显的记忆，便是父亲常和挑担卖花的讲价钱，最后总是把整担的花全买下。于是父亲动手了，我们也兴奋地忙起来，廊檐下大大小小的花盆搬出来。盆里栽的花，父亲好像特别喜欢文竹、含羞草、海棠、绣球和菊花。到了秋天，廊下客厅，摆满了秋菊。

　　林海音在父亲身边，耳濡目染，必然会受影响。也正是在对父亲的气质、修养、情趣的承袭过程中，对北平的情感不知不觉融进了文化契合的心理因素。

　　林海音以北平为题材的作品，就写出了那种特别的"京味儿"，流露出自己特别的感情，像散文《北平漫笔》、《文华阁剪发记》、《天桥上当记》、《黄昏对话》、《虎坊桥》、《骑小驴儿上西山》、《重读〈旧京琐记〉》、《家住书坊边》等（都收在《两地》集中）。从这些文章描绘的北平风光和风俗中，我们会了解到一种生活情形，感受到一种生活的"调子"和气味，它们是从"换洋取灯儿啊"的叫唤声里，从北平人的俏皮话里，从竹布褂儿、黑裙子的女学生的穿着里，从骑小驴儿上西山八大处的难忘经历里，从文人爱提琉璃厂、小孩和妇女愿"逛厂甸儿"的习惯里——简单地说，是从包容了这一切的那个大的北平氛围里显现和弥漫出来的。在《北平漫笔·陈谷子、烂芝麻》一文中，林海音直言道："原来我所写的数来数去，全是陈谷子、烂芝麻呀！但是我是多么喜欢这些呢！"

　　《天桥上当记》记叙了作者和三妹去逛天桥，把一块八尺的布当成一丈二买回来的经历。别致的是，文中没有对欺骗行为表示道德上的愤怒和指斥，上当的人反而觉得"欣赏"到了欺骗者的"艺术"，"使我们的听觉和视觉都得到感官的快乐"，而且"领悟"到一种文化"实质"："这就是天桥的艺术和精神了，你吃了亏，并不厌恶它。"这篇散文使人联想到作者的一篇小说，题为《五凤连心记》（收入《林海音自选集》），也是一次"上当记"，全家人花了八块大洋买了一副叫"五凤连心"的假膏药，可是对那位骗子的看法，小说一开头说，"非常怀念天津小白楼益翔绸缎庄的靳先生，谈到他，我们都要笑一阵的。这么说来，对于那八块花花大白洋钱，究竟不能算是个大的损失吧！"作者显然就是以"天桥的艺术和精神"的标尺来评述这件事了。能够拥有这样的标尺，获得这样一种艺术化地对待生活的心境，整个人怕是要被北平文化浸泡过才行吧。

对北平的回忆，除了使林海音写了一系列的平实的散文之外，还创作了与实际生活距离稍微拉大一点的小说，《城南旧事》就是这样一部长篇。它由《惠安馆传奇》、《我们看海去》、《兰姨娘》、《驴打滚儿》、《爸爸的花儿落了，我也不再是小孩子》五个短篇组成，各篇独立存在，却又连贯一气，透过童年回忆的镜头，映现出北平城南——旧日京华所在地的风光，在典型的北平文化氛围中，各种各样的人物开始了有声有色的活动。

作者解释《城南旧事》的写作动机时说："我是多么想念童年住在北京城南的那些景色和人物啊！我对自己说，把它们写下来吧，让实际的童年过去，心灵的童年永存下去。"就是这一点，使《城南旧事》与关于北平的散文明显区别开来：散文世界主要是一个客观的世界，尽管内里仍流露出作者的情感、情绪和趣味，但它更着重呈现出作者之外的北平风貌和生活情形；《城南旧事》却是一个主体、一颗心灵的投射，它虽然写了不少在童心之外的人与事，但这些人与事的意义与其说在其自身，还不如说是为童心的显现和展开提供了机会，提供了方式。作者在一篇题为《忆儿时》的小稿里，写了许多旧事后说："这并非是眷恋昔日的热闹的生活，那时的社会习俗并不值得一提，只是因为那些事情都是在童年经历的。"《忆儿时》被抄在《城南旧事（代序）》里，其实也可以挪来解释《城南旧事》中的人与事在作品中的位置。既然是为了表现一颗童心，那么就去掉这些在童心之外的人与事可不可以呢？真要这样一来，童心就成为一个空洞、抽象的东西了，因为只有与外在的现实世界发生联系时，它才能显露证明自身，只有存在一个联系物时，它才能感受，才会有快乐、有迷茫、有痛楚，才能学会理解，学会怀疑和抗拒，只有在内心与世界的不断交流中，一个小小的孩子才能不断成长。

把五个独立的故事贯穿起来的正是一个小小的女孩英子，英子经历了一次又一次的人事变更，在不断的变更中，她开始品尝人生的滋味。小说刚开始，她还是一个太阳高照时还赖在床上撒娇任性的调皮鬼，到小说最后一篇，爸爸去世，十几岁的孩子开始负起大人的责任。因此，突现在《城南旧事》的那些"旧事"之上的，是一颗童心慢慢开始懂事，慢慢走向成熟的过程，它是关于成长的故事，是光阴的故事。在如逝水不返的光阴的流程里，英子一天天长大了。

成长对于《城南旧事》的主人公来说正特别强调了这一过程中"丧失"的一面，有许许多多的东西，如逝水般从生活中失去了，永远也无法唤回。小说中最显著的"丧失"，就是那些曾经占据过英子心灵的人物，从惠安馆的疯女人秀贞，井边的小伴侣妞儿，到藏在草堆里的小偷，斜着嘴笑的兰姨娘，不理小孩子的德先叔，再到骑着小驴回老家的宋妈，"读者有没有注意，每一段故事的结尾，里面的主角都是离我而去，一直到最后的一篇《爸爸的花儿落了》，亲爱的爸爸也去了，我的童年结束了。"从比较理性的角度来看，一定程度的"丧失"对于成长来说是必要的，没有经历过任何"丧失"的成长是不可能的。《城南旧事》突出了"丧失"这一点，整个作品显得低沉而忧伤，造成了作品叙述上的特色。

　　不论是散文还是小说，北平成为一种"叙述的事实"都是在林海音离开北平，又过了若干年之后。提出这一点具有创作论上的意义。假设这并不是一条铁律，但却被无数的事实重复证明：艺术上的成功常常需要和艺术对象拉开距离，像海明威所说的，只有离开巴黎才能写好巴黎；某种意义上说正是与北平的时空距离成就了林海音的艺术魅力，有了距离才会出味道，更何况人对存活在记忆中的东西总是特别怀有感情，记忆贮存已有的感情，引发未曾被察觉的感情，同时它还创造感情。

一九九一年十月

读夏济安记

一

夏济安是谁?

上个世纪八九十年代之交，我还是个用功的好学生，为"研究"的需要，通读了一套完整的《文学杂志》，从一九五六年创刊到一九六〇年结束，共八卷四十八期。夏济安是这个杂志的主编，其时他任教于台湾大学外文系，杂志也就顺理成章以台大外文系为大本营。五十年代初期的台湾文坛，充斥的是官方推行的"反共八股"和坊间泛滥的男女私情，真正的文学难得一见。这样的荒芜自然引发不满，寻求突破的文学力量也正滋生。《现代诗》杂志、《创世纪》诗刊正是诞生于这一背景之下。学院派特征明显的《文学杂志》的出现，以自己特殊的介绍西方现代主义的方法和策略，以它对新的文学力量的发掘和催生，产生了深远的影响和意义，以致后来的文学史家把它看成是台湾文学史上的"里程碑"。

那时候，偶尔会有人问夏济安是谁。为了镇住问的人，我就说，夏济安是白先勇、王文兴、欧阳子、陈若曦他们这一拨作家的老师。没有这些人，台湾六十年代的文学史就缺了最重要的一块儿；而他们，都是从《文学杂志》起步的，又都是台大外文系的学生。白先勇后来写《恩师夏济安　塑造白先勇》，说他在一家小书店看了第一、二期的《文学杂志》，就做了一项生命中异常重大的决定：重考大学，专攻文学；进入台大外文系后，最大的奢望是在《文学杂志》上发表作品。后来果然如愿以偿，得到夏先生指点，逐渐确立了自己的风格。几年后《文学杂志》停刊，白先勇等创办《现代文学》，正是先师未竟事业的延续和光大。

八十年代有很长一段时间，夏志清的《中国现代小说史》在研究现代文学的圈子中半遮半掩地传阅，大陆虽然没有出版过夏志清的著作，夏志清的大名已经如雷贯耳。为了告诉别人夏济安是谁，我有时也会一本正经地说，他是夏志清的哥哥，名气没有夏志清大，但学问比夏志清好。幸好没碰见谁追问学问怎么个好法，否则真要露马脚了。

记得一九九二年春天，我到北京图书馆查找资料一无所获，苦恼之际，赵园老师从社科院文学所资料室帮我借到《夏济安选集》；后来又通过一个朋友，辗转复印了《夏济安日记》。现在已经不是那时候了，辽宁教育出版社的"新世纪万有文库"继一九九八年出版

《夏济安日记》后，又于二〇〇一年出版《夏济安选集》，这两册台湾旧书的大陆新版，引起一些人对夏济安的好奇。夏济安是谁？比起十多年前，对这个问题有兴趣的人自然是多了起来，尽管也多不到哪里去。

二

夏济安一九一六年生于江苏，一九四〇年上海光华大学毕业后任教于该校英文系，这一年《西洋文学》创刊，张芝联、夏济安、柳存仁、徐诚斌等是撰稿、组稿的重要力量，以翻译和介绍为主，出过乔伊斯和叶芝的专集。夏济安到台湾后主编《文学杂志》，很大意义上可以说是当年《西洋文学》的复活。一九四五年秋到一九四八年底，先后任教西南联大外语系、北京大学外语系。后在香港滞居一年半，一九五〇年由港赴台，任教台大外文系。一九五九年赴美，先后在西雅图华盛顿大学和加州大学柏克莱分校任教和从事研究。一九六五年因脑溢血去世，不满五十岁。

夏济安的早逝令许多人扼腕，他在诸多方面的才华未能充分展现，未能成就更大的个人事业。可是，什么是个人的事业呢？他以一个刊物编辑、一个大学教师的单薄力量，推动了一个时代文学的变化和文学史上一代作家的崛起，这不是他个人最大的贡献吗？通常我们只把一个学者的个人著述才看成是他个人的事业，这其实是有些狭隘了；看夏济安，应该先看到这大的超出狭隘的个人事业观念的部分，再来看其他的方面，才不至于为管孔之见所囿。

作为一个文学学者，夏济安常常讲到"同情的批评"；陈世骧为夏济安遗著作序，也特别谈到夏济安的"同情的批评"："我们看他评彭歌《落月》的文章，看他论现代散文和诗，看他论西洋文学和文化，再看他评中国旧文化与新文学，处处可以体验'同情的批评'这句话的字字原意、本意、真意，即实际应有的意义，和做到以后真可宝贵的价值，并且更重要的是看到这句话的积极性。旁人一般说惯，大概只作消极的理解：'同情'变成多只是原谅或可怜什么不幸；'批评'只是在挑错误。于是'同情的批评'实用起来成为'原谅错误'的声明或请求。为之者自示宽大，受之者谢您高抬贵手。用于政治，归为妥协；用于文艺，落得旁敲侧击之后做个好好先生。但济安在这些文章里的'同情的批评'，一反这些俗意。他的'同情'真是同鸣共感，而深入的参与到主题对象以内；他的批评真是由排比辨析（'批'字原意之一）直作到持平的评，更又平稳的、积极的向前推进。从他这最平常的一句话，都运用到本意真诠，就可见其为文之不苟；从他言行之有力，更见其为人之挚切，而富于爱的智慧。"

夏济安的文学批评，研究中国现代文学的人大都熟悉他的名篇《鲁迅作品的黑暗面》；我读夏济安，还特别注意到他关于白话文的意见。他在《白话文与新诗》里，说为什么要用白话文写诗，"假如白话文只有实用的价值，假如白话文只为便于普及教育之用，白话文的成就非但是很有限的，而且将有日趋粗陋的可能。假如白话文不能成为'文学的文字'，我们对于白话文，始终不会尊重。对于文字之美的爱好，是文明人精神生活里很重要的一部分，我们假如在白话文里得不到'美'的满足，我们只有到旧文学里去找；而懂洋文的人，只好去崇拜洋人了……我们现在写诗，是考验白话文能不能'担负重大的责任'，白话文能不能成为'美'的文字。假如不能，白话文将证明是一种劣等的文字；白话文既是大家写作的工具，那么中国文化的前途也就大可忧虑的了。"

一九六〇年《现代文学》创刊，学生们一定很希望得到老师的稿子；夏济安也很兴奋，写了一篇《祝辞》，满满五页纸。但不知什么原因，这篇文章并未寄出，直到很多年后夏志清整理先兄遗物才发现，在一九九二年五月出刊的《联合文学》第八卷第七期上公开。这篇《祝辞》主要讲五四以来的中国新文学传统，所针对的正是新一代台湾作家对此缺乏基本了解的状况。《夏济安选集》没有收这篇文章，所以这里也特别抄两段，所谈也落脚于文学创作的语言——白话文——问题：

　　我所以唠叨的讲那时候的作家和作品，并不单是因为客居异邦，怀旧之情在作怪，而是也有一点理论根据的。我所关心的，是白话文学的前途……中国新文学有一个特点，那是有关你们一动笔就要碰到的问题的。即你们创作用白话，中国新文学的工具也是白话。白话文，同任何一种文字一样，不是容易运用的。我相信从事艺术创作者的最大的乐趣，是在和工具的挣扎，以及克服运用工具的困难。白话文本身现在还不十分完美，可是它也是一种不肯听任指挥的工具。白话文在台湾的危机，据我看来，是：过去白话文的作品我们能够看到的不多，可是白话文的陈腔滥调，我们却好像全从大陆搬来了；最近几年，还添了不少比较新的陈腔滥调。陈腔滥调是思想的敌人，也是创作的敌人，因为它们很容易滑进你的文章，代替你的思想，代替你的观察。这个毛病谁都会犯，所以写文章是件战战兢兢的苦事，力求准确而防止不准确的代用品的混入，这是少数献身于艺术的人才肯做的傻事。我相信你们就是这种少数的傻人。

五四以来的白话文作家，也曾遭遇到同样的困难。白话文在他们手里经过锤打，经过锻炼；他们曾把它延伸，紧缩，平铺，扭曲——为了达到种种不同的目的。前人的苦功，一方面可以省却后人许多苦功；另一方面，也留下许多别的问题，让后人解决；后人若不花同等的，或更大的"苦功"，是不能解决那些前人所忽视的或不能解决的问题的。

现代文学的语言问题伴随着现代文学的诞生而出现，一个世纪以后的今天，也仍然困扰着对现代汉语有着自觉省察的写作者。现在读夏济安当年对他的学生们的恳切的"唠叨"，仍然会感受到那种指向根本的洞察力，而不会觉得这是浮泛的话、过时的话。

<h1 style="text-align:center">三</h1>

夏济安的声名，还有一部分是建立在一流翻译家的美誉之上的。

他编选翻译的《美国散文选》、《名家散文选读》，很多年前由香港今日世界社印行，被公认为翻译中的经典；二〇〇〇年复旦大学出版社出版英汉对照《美国名家散文选读》，即由香港的版本而来。

其实早在一九八五年，上海译文出版社就出过夏济安评注的《现代英文选评注》。这本书最初是台湾商务印书馆一九六〇年出的。话说九十年代，我读博士那会儿，一位美国来的女老师教口语，她热爱文学，写诗。为了吓唬她，我就在课堂上跟她谈威廉·福克纳，她果然一震，说我们美国人也读不懂福克纳。其实就我那英文，离福克纳差不多十万八千里，我读的是李文俊、陶洁先生的汉语福克纳。为了进一步显摆我的功夫，我就讲了福克纳名篇《熊》里面的一个单词，corridor（走廊），从抽象到具体，从时间到空间，讲得天花乱坠，热爱文学的美国老师只有频频点头的份——你一定猜到了，我讲的全是偷来的。从哪里偷来的？《现代英文选评注》。偷了这一次之后，我就可以放心大胆地逃课了，最终老师还给了个 A。

说夏济安的英文可以吓唬美国人，不是夸张的话。他的英文小说《耶稣会教士的故事》就发表在著名的《党派评论》（Partisan Review）上，同期有大小说家纳博科夫的作品，而夏济安的小说排在第一篇，这多少让他有点儿得意。

夏济安确实有创作上的强烈欲望，但他只写过几篇小说，写过一首仿 T·S·艾略特《荒原》的诗《香港——一九五〇》；他也曾经有恋爱的强烈愿望，但他一直没有成功的恋爱。他一定没有想到，不成功的恋爱反倒使他的"作品"——《夏济安日记》——在他身后风靡台湾一时。这本日记是一九四六年在昆明西南联大写的，他爱上了一个学生。有一天，他这样写："今天做作文，她伏案捷书的时候，我细细的端详了一下，觉得她的鼻子和面部轮廓，真是美得无可比较，肤色亦是特别娇嫩……她的座位是在阳光下，我有时站的地位，把阳光遮住，我的头发的影子，恰巧和她的脸庞接触，她不知觉得不觉得？"

四

最后，还应该说说夏济安重要的英文著作《黑暗的闸门》（*The Gate of Darkness*），这本书一九六八年华盛顿大学出版社出版，至今未能全部译成中文。为了写这篇文章，我去年年底给哥伦比亚大学的宋明炜兄写信，问他关于准备翻译此书的情况。他回信谈到读这本著作的感受，值得一并记在这里，也就此结束这篇短文："……此书出版于夏济安身后，关于左翼文学运动的兴起与衰落，到延安座谈会对大陆文学界的影响。全书其实都是'叙述'。我个人非常喜欢，认为是夏济安用文学批评的方式写的'现代小说'。……夏济安是有'同情心'的，他不把描写的对象降格为'不幸者'，而是看作自己（中国）的一部分。读来时常有切肤之感。……从材料来说，时至今日，此书或者没有什么新颖之处；但我依然认为，从文学的意义上，这是一部杰作。可惜在美国早已绝版，几乎没有什么人知道它了。它的中文翻译屡经多人之手，至今没有完成。我已经和王德威老师说好，准备从庄信正手中接过译稿（其中林以亮先生也译了部分），将它补全校订，最迟明年春天可以做好台湾版。"

二〇〇三年三月十一日

一只粗糙的手的抚慰

——略谈张爱玲《同学少年都不贱》

一

我设想，《同学少年都不贱》如果由年轻的张爱玲来写，也许要比现在两万字的篇幅长得多，而且要丰润、流畅一些吧。四十年代一个二十几岁女子的文学才华抑制不住地往外冒出来，三十多年后，经历了那么多一言难尽的乱离世事之后，才华还在，却不是那么重要了；文学呢，差不多成了欲说还休的形式。

年纪轻一点的张爱玲的读者也许会有点失望？我却不，因为从不丰满、不流畅的叙述里能够读到的内容，在早期才气逼人的作品里未必就有，特别是考虑到这部作品的"自传性"——当然不是事实上的对应，而是从作品里面透露出来的境遇、心态、精神等方方面面的信息——就非常有意思了。从这个意义上说，我一开始的那个设想根本就是错的，那个年轻女子喜欢写苍凉故事，但她不可能预测自己后来的"离散"经验，《同学少年都不贱》还是要到七十年代。那个年轻女子写的是故事和"传奇"，而到《同学少年都不贱》的年龄，已经无意于故事和"传奇"，比这更重要的，是经验和生活。

二

小说写的人物，主要是赵珏和恩娟，起初还是上海一所教会中学的女生，那是丢了东三省的时代；到五六十年代，她们都在美国，一次赵珏看时代周刊写一个入内阁的犹太人是从上海来的，又提到他的中国太太，正是恩娟，不免就想起过去的事：小说就从这里开篇。

女子心细，还是心窄，不好说，即便是同寝室的好友，互相之间还是暗暗地比较，看似随随便便说个闲话，其实也藏着机锋。她们都是非常敏感的人。张爱玲擅长的就是写这样的女子。在美国，赵珏比起恩娟，是大大地不如了，恩娟嫁对了人，跟着飞黄腾达；赵珏呢，常常不免窘迫，却又敏感地自尊着。两个人多年不见面，见一次面，赵珏发觉有三次恩娟不相信她的话，从感到刺耳到感到刺心，"人穷了就随便说句话都要找铺保。这还是她从小知己的朋友。"

恩娟的婚姻，赵珏其实是不怎么羡慕，当初，还是早在上海的时候，她心里的评价就是，"至少作为合伙营业，他们是最理想的一对。"赵珏自己，是绝不肯把爱情当作合伙营业的。在教会学校，没有目的地爱着高两班的赫素容，傍晚看见穹门外殷红的天和钟塔映在天上的剪影，"心涨大得快炸裂了，还在一阵阵的膨胀，挤得胸中透不过气来，又像心头有只小银匙在搅一盅煮化了的莲子茶，又甜又浓。"赫素容毕业去北平上大学，给她来信，她狂喜地连看几遍，渐渐明白是赫素容看她家里有钱，借着救国的名义，好让她捐钱给赫素容的某派学生组织。她连信都没回；过了几年，她和一个高丽人北京上海之间跑单帮，还是那样，"我觉得感情不应当有目的，也不一定要有结果。""完全是中世纪的浪漫主义。"到美国后，和萱望同居，又分居，又同居，直到萱望回归大陆。

恩娟和赵珏见面的时候，说起她们同寝室的芷琪，她的遭遇不好，恩娟说着几乎泪下。赵珏很是震动。后来她才明白为什么当时"骇异"恩娟对芷琪一往情深。她想起战后在兆丰公园碰见赫素容推着个婴儿车，她完全漠然。固然早就有那封信使赵珏反感，但那与淡漠不同。这中间赵珏有了恋爱，与男子的恋爱。"与男子恋爱过了才冲洗得干干净净，一点痕迹都不留。"从这里也可以推测，那时候教会女校流行的同性之间的感情，大都不是赵珏后来在美国感到没有什么好"骇异"的同性恋。

从自己的经验推测，"难道恩娟一辈子都没恋爱过？""是的。她不是不忠于丈夫的人。"——令赵珏震动和骇异的，是这个。

三

在巨大的社会和个人的变化以及由此所带来的频繁的时空转换中

叙述人生世事，头绪多而乱，而叙述主要从赵珏的视角展开，似乎就不能不是不充分的、不流畅的。在困顿尴尬的夹缝里慨往伤今，在漂浮不定的间隙中思前想后，是没有办法从从容容娓娓道来的，"离散"的生活还没有给她提供从从容容整理人生经验的机会，新的尴尬困顿，新的不定的漂浮，还会接踵而来。就此而言，这种点滴的、断续的、不丰满、不充沛、不醋畅的叙述本身，而不仅仅是这种叙述的内容，透露出小说人物的真实境况和精神状态；这样的状态和境况，同时也可以勾连到小说作者的生存现实。夸张一点说，这个作品本身也就是从作者生存现实的夹缝和间隙中诞生的，它带着那种生存现实的感慨和沉重。

但典型的张爱玲式的特色还保持着，譬如这一段短文字，写赵珏招待恩娟吃饭的桌子及其摆设："公寓有现成的家具，一张八角橡木桌倒是个古董，沉重的石瓶形独脚柱，擦得黄澄澄的，只是桌面有裂痕。赵珏不喜欢用桌布，放倒一只大圆镜子做桌面，大小正合式。正中铺一窄条印花细麻布，芥末黄地子上印了只橙红的鱼。萱望的烟灰盘子多，有一只是个简单的玻璃碟子，装了水搁在镜子上，水面浮着朵黄玫瑰。上午摆桌子的时候不禁想起镜花水月。"在"镜花水月"上吃饭，迷离虚幻得可以，又实在世俗得可以。

更典型的是，有一天赵珏从无线电里听到肯尼迪遇刺而亡的消息，她正在水槽上洗盘碗，脑子里听见自己的声音在说："甘乃迪死了。我还活着，即使不过在洗碗。"接下来的文字是，"是最原始的安慰。是一只粗糙的手的抚慰，有点隔靴搔痒，觉都不觉得。但还是到心里去，因为是真话。"

　　不仅典型如过去的文学表述，而且真实如现今流离生活的况境。这，也就是张爱玲了。

二〇〇四年三月十九日

B卷　葡萄苹果死于果子，而活于酒

寻访戴望舒游学法国的事

　　秋天在巴黎七大举行了一个小型研讨会："十位中国现代作家的法国经验和文学创作"。复旦和巴黎七大策划这么具体的题目，为的是把实地考察和学术讨论都落到实处；那种大而无当的会议空话、套话、漂亮话，真是让人哈欠连天。而在这个经过长期准备的小会上，有实在内容的发言，让本以为互相熟悉的与会者之间，也彼此惊讶。

　　我不是要报告这个小会，而是要说说因此而聚集到一起的一些大大小小的事情，这些事情远远近近都与会议议题中的诗人戴望舒，有着这样那样丝丝缕缕的关联。

　　里昂三大的利大英（Gregory Lee）教授在会前的午餐时刻匆匆赶到，举杯之际我向他请教，戴望舒到底是什么原因被里昂中法大学开除的？利教授眨了眨眼睛，说："这个问题留到开会时候谈吧，现在喝酒。再来一杯怎么样？"说着他又给我斟上了酒。

开会的时候利教授讲他的戴望舒研究，边讲边拿各种资料，讲着讲着拿出一封信，是施蛰存写给他的。我们传看这封短信，我回想二〇〇八年大象出版社出版的《施蛰存海外书简》，里面好像没有，就用数码相机拍了下来。此信写于一九八二年七月五日，抄录如下：

利大英先生：

收到你的信，知道你又要来中国，我很高兴，希望不久能会见你。

现在我给你一个书目，请你随便代我买几本，买不到也不要紧。不过，H. Read 的 *Meaning of Art*，这本书最好能买到，我很想再读一下。

你打印的一首诗是我的旧作，1934 年写的。中文处理器是怎么样一个机器？我不知道，是打字机一类的吗？

我很高兴等候你来。

问好。

施蛰存

P. S.

《戴望舒诗集》的法文译本已出版，我给你留了一本。

那个时候的利大英是住在伦敦的"一个英国青年"（施先生在《诗人身后事》一文里这么称呼他），多年以后变成了法籍教授。意外看到这封短简，有点兴奋；略微遗憾的是，施蛰存所开的欲购书目，没有同时见到。

利大英的英文著作 *Dai Wangshu：The Life and Poetry of a Chinese Modernist*（The Chinese University Press，Hong Kong，1989）出版后，施蛰存在《诗人身后事》一文中郑重推介，说它"给研究中国现代文学的西方学者，树立了一个典范"。施蛰存是戴望舒最亲密的朋友，《诗人身后事》总结和交代亡友去世后四十年来，他为亡友所经营的后事：文稿的保藏、编集、出版等等，令人感慨他对亡友长久的责任和深情。当他看到"第一本用英文写的戴望舒评传"，其心情自然不比寻常。

我翻看利大英教授的这本著作，注意到几个细处：它是题献给施蛰存的；书里有多幅人物照片，第一幅居然不是戴望舒，而是施蛰存，一九八二年摄；书的最后一幅照片，我以前没有看到过，恐怕也不太容易看到：是戴望舒和施绛年（施蛰存的妹妹）的合影，两个人并排坐在船上的两把藤椅里。那应该是一九三二年十月八日，戴望舒从上海乘船赴法游学，"送行者有施老伯，蛰存，杜衡，时英，秋原夫妇，呐鸥，王，瑛姊，萸，及绛年。父亲和萸没有上船。我们在船上请王替我们摄影。"（戴望舒《航海日记》）

话再回到那天的会议。却说眼见利大英教授出示的施蛰存书信引起大家的兴趣，巴黎七大的尚德兰（Chantal Andro）女士说她那里有艾青的信和诗，不一会儿就从办公室拿了过来。上个世纪八十年代，著名的《欧罗巴》杂志想发表艾青的新作，就请翻译过艾青《诗论》的尚德兰女士约稿；艾青很快回信，同时寄来两首诗。没想到这两首诗让《欧罗巴》很为难，似乎觉得不像艾青以前的诗，又好像是不太像诗，最终还是决定不发表。这两首诗的名字是《敬礼，法兰西》、《巴黎，我心中的城》，我不清楚九十年代出版的《艾青全集》是否收录了。

第二天去里昂，利大英教授带我们参观市立图书馆馆藏里昂中法大学的档案资料和图书文献。这一下眼睛可不够用了。单说个人档案，是看常书鸿、敬隐渔呢，还是看潘玉良、苏雪林、张若名呢？甚至王独清申请中法大学没有通过，也保存了他的一封申请信。

我的心思还在戴望舒，他的档案非常完整。

戴望舒到法国后，大约一年的时间生活在巴黎，很快经济上难以支撑，于是申请到里昂中法大学读书。一九三三年六月二十八日，戴望舒致信校长。他的法文手迹真是漂亮，满满两页的信函之后，还附了一页他翻译的法文作品目录，也是写得满满的：《奥加珊和尼各莱特》、《鹅妈妈的故事》、《少女之誓》、《高龙芭和珈尔曼》、《弟子》、《天女玉丽》、《紫恋》、《法兰西短篇杰作集》、《法兰西现代短篇大系》、《陶尔逸伯爵的舞会》等。可是校方回函说，从他翻译的这么多东西里，看不出他要申请读书的方向和计划。戴望舒又写一封长信，这次是满满三页纸，说他要学习法国文学，打算两年读本科，再用两年读博士学位。校方再回一函，希望他提供在上海震旦大学学习法国文学的成绩证明等。戴望舒写第三封信，两页。这次总算过关。十月一日，戴望舒入学注册。奇怪的是注册证明上，他把自己的出生日期写成一九〇四年，实际是一九〇五年。十月二十日，戴望舒获得优待，准予享受助学金。这样他的生活问题就解决了。

一九三四年八月二十二日，戴望舒离开里昂到西班牙旅行，十月十九日返校。在西班牙，参观富有历史意味和文学情趣的地方，看电影，逛书店，还发现了一批由早期耶稣会传教士带到西班牙的中国书籍，据此写了一篇《西班牙爱斯高里亚尔静院所藏中国小说、戏曲》。有人向校方报告，戴望舒在西班牙参加了政治活动，是西班牙左翼的支持者；而政治活动在中法大学是被禁止的。校方致函戴望舒，请他做出解释。戴望舒写了满满两页，解释他这五十九天的所作所为。

最终戴望舒还是被除名了，一九三五年二月离开里昂，从马赛乘船回国。擅自离校作西班牙之行，有参与政治活动的嫌疑，是被开除的一个原因，但不是全部原因。还有一个可能更重要的原因是，戴望舒不去上课，也没有成绩。当年与戴望舒住同一个宿舍的罗大冈回忆说：戴望舒是"按照公费生的待遇，可不是正式公费生。我是正式公费生，我天天要上课，跟法国学生一起上课，一起做作业。他什么都不管。他准备住两年以后走啊。两年以后，你没有成绩，你非走不可。"

戴望舒离开里昂之前，重又游历巴黎，住在十四区 Daguerre 街四十八号一个朋友那里。有可能是在这里，戴望舒写了一首《灯》。法国两年，戴望舒忙于翻译，诗却只写了两首，都是即将离开法国的一九三四年十二月写的，《古意答客问》和《灯》。《灯》里有这样的句子：

采撷黑色大眼睛的凝视

去织最绮丽的梦网！

手指所触的地方：

火凝作冰焰，

花幻为枯枝。

灯守着我。让它守着我！

有意思的是，今天里昂三大的校园，就是当年戴望舒应该来上课的校园里，还为戴望舒种了一丛丁香树，旁边有一块牌子，上面的中文是："纪念中国诗人戴望舒　里昂中法大学学生"。我猜想，这大概是利大英教授的主意吧。

下午参观中法大学。走了不少上坡路，还要坐索道车，到了山顶，才算到了。我问是否当年就有这种索道式的公交车，回答说是的。也难怪戴望舒不去上课，这么不方便。原来叫做中法大学的这个地方，只是宿舍，学生上课要到山下的里昂大学。这个地方更早的时候是座兵营，有点城堡的样子，墙上留着射击孔。里面草木杂生，迎面一种树，满身大片大片的黄叶，树下也落满了大片大片的黄叶，厚厚的，不知几层。大家都叫不出这树的名字，陪我们来的费南教授去问一个不认识的中年人，那人也不知道，却说，你留个电话，我弄清楚了给你打电话。黄昏时分，我们早已下山，走在熙熙攘攘的市区街道，费南的手机响了。他告诉说，那是椴树。

二〇〇九年十一月二十四日

抗战和他们的诗

——戴望舒、艾青、穆旦：三代诗人的例子

一九四二年春天，担任中华全国文艺界抗敌协会香港分会领导工作的戴望舒，被日本宪兵逮捕入狱。四月二十七日，他写了《狱中题壁》，想象着胜利的一天，同胞从泥土掘起他伤损的肢体，"然后把他的白骨放在山峰，/曝着太阳，沐着飘风：/在那暗黑潮湿的土牢，/这曾是他惟一的美梦。"这个"美梦"是实写的：地牢里的阴湿大大毁坏了他的身体，以致他渴望曝晒自己的白骨！在后来的《等待（二）》里，他还写到了更为惨烈的酷刑和折磨，还有那"让脚气慢慢延伸到小腹上"的阴湿。牢狱之灾，与后来戴望舒的英年早逝直接相关。

出狱后不久，戴望舒写出了《我用残损的手掌》，把对祖国刻骨铭心的爱，形象化为抚摸祖国版图的动作："我用残损的手掌/摸索

这广大的土地：/这一角已变成灰烬，/那一角只是血和你……""无形的手掌掠过无限的江山，/手指沾了血和灰，手掌沾了阴暗，"可是，"我把全部的力量运在手掌/贴在上面，寄与爱和一切希望"。灾难的岁月，把原来的"雨巷诗人"变得深沉而庄严，把他的诗境变得开阔起来。就连外国的汉学家也能够明确地感受到，通过《我用残损的手掌》，"诗人终于找到了自己的另一个声音，它不再是孤芳自赏的低吟，也没有了失望的悲苦，它转向世界，朝向每一个人。"

"转向世界，朝向每一个人"，这是抗战以来，中国诗人和中国新诗发生的一个非常明显的变化。比戴望舒年轻的卞之琳和艾青，比艾青年轻的田间和穆旦，都可以为这个变化做出有力的证明。

艾青在一九三九年写道："属于这伟大和独特的时代的诗人，必须以最大的宽度献身给时代，领受每个日子的苦难像是那些传教士之领受迫害一样的自然，以自己诚挚的心沉浸在万人的悲欢、憎爱与愿望当中。他们（这时代的诗人们）的创作意欲是伸展在人类的向着明日发出的愿望面前的。唯有最不拂逆这人类的共同意志的诗人，才会被今日的人类所崇敬，被明日的人类所追怀。"（《诗与时代》）

这个从"彩色的欧罗巴"带回一支"芦笛"的诗人，这个时代的"流浪者"，抗战爆发后，"找到了自己的另一个声音"，一跃而为时代的"吹号者"，在我们这个民族的斗争中找到了自己的位置，也为自己的情感和诗找到了深深根植的土地。《雪落在中国的土地上》之后，又有《我爱这土地》："这被暴风雨所击打着的土地，/这永远汹涌着我们的悲愤的河流，/这无止息地刮着的激怒的风，/和那来自林间的无比温柔的黎明……"

与对"土地"的深沉的爱相伴随，是对"太阳"以及光明、春天、黎明、生命、火焰的热烈赞美。一九三八年在武昌，艾青写出长诗《向太阳》，是抗战诗歌中的不朽之作。"被不停的风雨所追踪/被无止的噩梦所纠缠"的"我"，"终于起来了"，"我打开窗/用囚犯第一次看见光明的眼/看见了黎明/——这真实的黎明啊"。艾青在诗里写到了"昨天"和"今天"的变化："昨天/我把自己的国土/当作病院/而我是患了难于医治的病的/没有哪一天/我不是用迟滞的眼睛/看着这国土的/没有边际的凄惨的生命……/没有哪一天/我不是用呆钝的耳朵/听着这国土的/没有止息的痛苦的呻吟"；可是现在，太阳出来了，太阳"照在我们的久久地低垂着不曾抬起过的头上"，他看见一个拄着拐杖的伤兵沿着墙壁走着，太阳"照在他纯朴地笑着的脸上"，他听见阳光里少女的歌声、工人的劳动号子和士兵整齐的步伐声——

"于是/被这新生的日子所蛊惑/我欢喜清晨郊外的军号的悠远的声音/我欢喜拥挤在忙乱的人丛里/我欢喜从街头敲打过去的锣鼓的声音/我欢喜马戏班的演技/当我看见了那些原始的，粗暴的，健康的运动/我会深深地爱着它们/——像我深深地爱着太阳一样"。

抗战期间国统区最具影响的诗歌流派七月派的年青诗人，大多深受艾青的影响，自觉地在这种影响下成长。就是在西南联大的校园，艾青和田间也成为深受学生喜爱的诗人。一九四五年昆明的诗人节纪念会上，两位联大的同学朗诵了艾青的《向太阳》和田间的《自由向我们来了》、《给战斗者》，在听众激动的情绪中，闻一多即席发表了《艾青和田间》的讲演。

联大学生诗人的杰出代表穆旦，他的创作，譬如发表在校园刊物《文聚》第一期封面上的《赞美》，那种对屈辱的土地、人民和痛苦的历史的深切感情，也正与艾青的诗一脉相承；而在艾青写过《他起来了》、"我终于起来了"之后，年青的穆旦也在汹涌的感情中反复喊出："一个民族已经起来"。

比这种文学影响更重要的，是穆旦自己的现实经验。《赞美》开篇即写"走不尽的山峦的起伏，河流和草原，/数不尽的密密的村庄，鸡鸣和狗吠"，很自然地就令人想到，一九三八年，西南联大的二百名师生步行从长沙走到昆明，全程三千五百华里，历时六十八天。途中，穆旦就写了组诗《三千里步行》。

一九四二年，穆旦参加中国远征军，出征缅甸抗日战场，在震惊中外的野人山战役中，从死亡线上挣扎出来。这一惊心动魄的经历在穆旦的同学王佐良写的《一个中国诗人》里有所披露："那是一九四二年的缅甸撤退。他从事自杀性的殿后战。日本人穷追。他的马倒了地。传令兵死了。不知多少天，他给死去的战友的直瞪的眼睛追赶着。在热带的豪雨里，他的腿肿了，疲倦得从来没有想到人能够这样疲倦，放逐在时间——几乎还有空间——之外，胡康河谷的森林的阴暗和死寂一天比一天沉重了，更不能支持了，带着一种致命性的痢疾，让蚂蟥和大得可怕的蚊子咬着，而在这一切之上，是叫人发疯的饥饿，他曾经一次断粮达八日之久。但是这个二十四岁的年青人在五个月的失踪之后，结果是拖了他的身体到达印度……他活了下来，来说他的故事。但是不！他并没有说。"

　　他并没有说的个人经历，化为长诗《森林之魅——祭胡康河上的白骨》，由此而诞生了中国现代诗史上直面战争与死亡的经典。这样的经典，已经而且还将继续对抗着各种形式的对历史的遗忘："静静的，在那被遗忘的山坡上，/还下着密雨，还吹着细风，/没有人知道历史曾在此走过，/留下了英灵化入树干而滋生。"

二〇〇五年八月十日

鱼 化 石

一

夏济安在西南联大教书的时候，爱上他班里的一个女学生，可是一个人内心狂热痴想，很少化为切实的言行，偶有笨拙的表示，自以为深意存焉，对方却极可能浑然不觉，结果，自然是没有什么结果。《夏济安日记》在台湾是一本很有名的书，重版多次，我手头所据的是时报文化出版公司一九八〇年第八版的复印件。一代名家的这一段苦恋心迹，不能不令读者感慨良多。

夏济安那时来往较多的年轻同事有卞之琳、钱学熙等，而卞之琳的恋爱苦恼之深犹甚于他，所以他有时候会把自己跟卞之琳比，以苦比苦，似乎苦还可以忍受，恋爱不是一件容易的事，不独于己如此，这也勉强算是个安慰。一九四六年一月十二日记：钱学熙"批评卞之琳爱情失败后，想随随便便结个婚，认为这是放弃理想，贪求温暖，大大要不得。"夏济安在日记里替卞之琳——其实是为自己——辩解道："可是像卞之琳这样有天分有教养的人，尚且会放弃理想，足见追求理想之难了。"

卞之琳苦恋的对象是张充和。一九三三年，卞之琳虚岁二十三，夏天在北京大学英文系毕业，秋天认识了来北大中文系念书的张充和。因为张充和，卞之琳诗创作也发生了很有意味的变化。当初闻一多先生曾经当面夸他在年轻人中间不写情诗，他自己也说一向怕写私生活，"正如我面对重大的历史事件不会用语言表达自己的激情，我在私生活中越是触及内心的痛痒处，越是不想写诗来抒发。事实上我当时逐渐扩大了的私人交游中，在这方面也没有感到过这种触动。""但是后来，在一九三三年初秋，例外也来了。"——他在《〈雕虫纪历〉自序》中坦言——"在一般的儿女交往中有一个异乎寻常的初次结识，显然彼此有相通的'一点'。由于我的矜持，由于对方的洒脱，看来一纵即逝的这一点，我以为值得珍惜而只能任其消失的一颗朝露罢了。不料事隔三年多，我们彼此有缘重逢，就发现这竟是彼此无心或有意共同栽培的一粒种子，突然萌发，甚至含苞了。我开始做起了好梦，开始私下深切感受这方面的悲欢。隐隐中我又在希望中预感到无望，预感到这还是不会开花结果。仿佛作为雪泥鸿爪，留个纪念，就写了《无题》等这种诗。"但事情并不到《无题》诗时期为止，"这番私生活以后还有几年的折腾长梦"。说得更郑重一些，这其实是一个人一生中刻骨铭心的经验和记忆。其中不乏一些感情的细节，如《无题三》所写——

> 我在门荐上不忘记细心的踩踩，
> 不带路上的尘土来糟蹋你房间
> 以感谢你必用渗墨纸轻轻的掩一下
> 叫字泪不玷污你写给我的信面。

> 门荐有悲哀的印痕，渗墨纸也有，
> 我明白海水洗得尽人间的烟火。
> 白手绢至少可以包一些珊瑚吧，
> 你却更爱它月台上绿旗后的挥舞。

　　香港的张曼仪女士是卞之琳研究专家，她编选的《中国现代作家选集　卞之琳》一书附有《卞之琳年表简编》，极其简单的年表，许多事情只能略而不记，却特别在意地记下了与张充和相关的"细小"信息，如一九三三年的初识；如一九三六年十月，回老家江苏海门办完母亲丧事，"离乡往苏州探望张充和"；如一九三七年，"三月到五月间作《无题》诗五首"，又，"在杭州把本年所作诗十八首加上先两年各一首编成《装饰集》，题献给张充和，手抄一册，本拟交戴望舒的新诗社出版，未果，后收入《十年诗草》。"如一九四三年，"寒假前往重庆探访张充和"，其时距初识已经十年。年表虽然是张曼仪所编，这些事情却一定是卞之琳讲出来并且愿意郑重编入年表中的。

一九五五年，卞之琳四十五岁，十月一日与青林结婚。

二

据张充和的二姐张允和讲，"四妹喜欢小红帽，在北京大学念书时同学们叫她'小红帽'。小红帽很淘气，有一次到照相馆特意拍了一张歪着头睁一只眼闭一只眼的古怪照片，又拿着这张照片到东吴大学的游泳馆办理游泳证。办证人员说，这张照片怎么行，不合格。她装出很奇怪的样子说'为什么不合格？你们要两寸半身，这难道不是吗？"（《张家旧事》）张充和喜欢男装，这一点像三姐张兆和。她特别擅长书法和昆曲，后来在美国的大学里，也传授此道。

张充和还记得一件趣事，说是沈从文为追求三姐，一九三三年寒假第二次到苏州，晚饭后张家姐弟围着炭火听他讲故事。沈从文有时手舞足蹈，刹不住车。"可是我们这群中小学生习惯是早睡觉的。我迷迷糊糊中忽然听一个男人叫：'四妹，四妹！'因为我同胞中从没有一个哥哥，惊醒了一看，原来是才第二次来访的客人，心里老大地不高兴。'你胆敢叫我四妹！还早呢！'这时三姐早已困极了，弟弟们亦都勉强打起精神，撑着眼听，不好意思走开。真有'我醉欲眠君且去'的境界。"（《三姐夫沈二哥》）

抗战爆发后，张充和与沈从文、张兆和一家集聚昆明，张充和的工作是专职编教科书，这项工作由杨振声负责，沈从文是总编辑并选小说，朱自清选散文，张充和选散曲，兼做注解。一九四七年张充和又和三姐一家相聚北平，第二年来自美国的一个年轻人认识了在北京大学任教的沈从文，并和沈家的两个男孩交上了朋友，说是有益于学习汉语。沈从文很快就发现，这个常常来家里的年轻人对张充和比对他更感兴趣，便不再同他多谈话，一来就叫张充和，让两个人单独在一起。连孩子们都看出了苗头。一九四八年十一月十九日，这个叫傅汉思（Hans H. Frankel）的美国人和张充和举行了一个中西结合的婚礼，一个月后离开北平同往美国，从此行影相随，幸福度日。

三

卞之琳是个极度认真的人，他的"我"似乎始终处在他身上同时存在的"另一个我"的相对于一般人而言更为严格的注视、牵制、监控和反省的状态之下，这样一种构成使他性格和气质中的一些因素显得特别突出，譬如沉潜、内向、多思、矜持、顾虑重重、犹疑不决等等，这促成了他的写诗活动对于他要表达的情与事，是一种有"距离的组织"，另一层次上，也使他对自己的诗歌写作的叙述，能够保持比一般的作家自述更多一些的理性、"客观"和审思，也成为一种有"距离的组织"。

基于这一角度考虑，卞之琳的自述长文《〈雕虫纪历〉自序》就有理由被看作是提供了许多重要信息的、可信度很高的"交代"。他说，"人非木石，写诗的更不妨说是'感情动物'。我写诗，而且一直是写的抒情诗，也总在不能自已的时候，却总倾向于克制，仿佛故意要做'冷血动物'。规格本来不大，我偏又喜爱淘洗，喜爱提炼，期待结晶，期待升华，结果当然只能出产一些小玩意儿。"这种跟自己过不去的倾向和做法，并不仅仅是性格和气质因素使然，出于诗学和诗艺上的讨论，我们自然会注意到他所选择并受其影响的古、欧诗歌传统和潮流，而对一个有自觉追求并逐渐产生相应的文学能力的诗人来说，为了消化影响、脱出影响，则努力变"古化"和"欧化"为"化古"、"化欧"。

一般说来，写诗是一回事，在生活中表达感情是另一回事。可是如果把诗与生活混合为一，用诗来表达感情呢？

卞之琳诗思、诗风的复杂化，特别见于从一九三三年到一九三七年抗战前的创作。这一时期的创作代表了他写诗的最高成就，多能以细密繁复的组织、趋向延伸的内蕴，传达现代人精微、敏锐、复杂的经验、思想和感受。这些诗耐读的品性，其中一个原因与卞之琳规避直接表达有关。他的写诗，也像他诗里常常写到的人、事、物的迁变一样，起作用的是淘洗、沉淀，倘若以诗解诗，不妨留意这样的诗句："我明白海水洗得尽人间的烟火"（《无题三》）；"'水哉，水哉！'沉思人叹息/古代人的感情像流水，/积下了层叠的悲哀。"（《水成岩》）；他仿佛相信时间的力量，而"时间磨透于忍耐！"他总倾向于认为"回顾"时还挂着的"宿泪"（比即时的热泪）更有表现力（《白螺壳》）。

这样一来，他在诗中表达的感情，就显得特别曲折。譬如想象

《无题四》里出现的这样的日常情景：看见所爱的人胸前的饰品，想知道它是从哪里来的，这大概是普通的、自然的、直接的反应；可是到了卞之琳的诗里，那个人因此要研究物质文化交流史。从生活的立场而不是从诗的立场上来看，这个弯就转得太大了，甚至令人不明白所以言。前面再加上两句起兴似的铺陈，真是煞费苦心——

> 隔江泥衔到你梁上，
> 隔院泉挑到你杯里，
> 海外的奢侈品舶来你胸前：
> 我想要研究交通史。

不过要是读明白了其中的用心良苦，恐怕十有八九的情形是无言以对。更无言以对的是这样的"色空觉悟"：因为世界容纳了恋人的款步，所以它是空的。这是《无题五》——

> 我在散步中感谢
> 襟眼是有用的，
> 因为是空的，
> 因为可以簪一朵小花。

> 我在簪花中恍然
> 世界是空的，

因为是有用的，

因为它容了你的款步。

　　如果不是出于个人特别的习惯、意识和诗艺的琢磨，怎么会写出
《鱼化石》（一条鱼或一个女子说:）——

我要有你的怀抱的形状，

我往往溶化于水的线条。

你真像镜子一样的爱我呢。

你我都远了乃有了鱼化石。

　　根据《鱼化石后记》的解释，诗的第一行化用了保尔·艾吕亚
（P. Eluard）的两行句子:"她有我的手掌的形状，／她有我的眸子的
颜色。"并与司马迁的"女为悦己者容"的意思相通；第二行蕴含的
情景，从盆水里看雨花石，水纹溶溶，花纹溶溶，令人想起保尔·瓦
雷里的《浴》；第三行"镜子"的意象，仿佛与马拉美《冬天的颤
抖》里的"你那面威尼斯镜子"互相投射，马拉美描述说，那是
"深得像一泓冷冷的清泉，围着镀过金的岸；里头映着什么呢? 啊，
我相信，一定不止一个女人在这一片水里洗过她美的罪孽了；也许我
还可以看见一个赤裸的幻象哩，如果多看一会儿。"而最后，鱼化成
石的时候，鱼非原来的鱼，石也非原来的石了。这也是"生生之谓
易"。也是"葡萄苹果死于果子，而活于酒"。可是诗人又问:"诗中

的'你'就代表石吗？就代表她的他吗？似不仅如此。还有什么呢？
待我想想看，不想了。这样也够了。"

二〇〇〇年一月十二日

山山水水总关情

一

《山山水水》是卞之琳的一部长篇小说，可惜现在不能看到全貌了。

怎么会想到写一部长篇呢？诗人后来回忆说，踏上"而立"的门槛，自以为有了阅历，不满足于写诗，试图以生活实际中"悟"得的"大道理"，写一部"大作"，用形象表现，在精神上文化上竖贯古今，横贯东西，沟通了解，挽救"世道人心"。当时妄以为知识分子是社会、民族的神经末梢，就着手主要写知识分子。一九四一年暑假动笔，一年多写出十之七八，一九四三年暑假续写，借用冯至昆明东山的林场小舍，一个人自理生活，到中秋节完成了全部初稿。

诗人的自述有些抽象和含混，不知道相关人事恐怕不容易明白。

倒是有沈从文一段文字，说得感性而直接。沈从文一九四四年写了一篇叫《绿魇》的散文，其中叙及他一家和其他人借居昆明郊区呈贡一个大院的情形。一个女孩子，住过又走了，却又迁来对这个女孩子用情甚深的寄居者。沈从文的文章里没有写出名字，只说，"一个从爱情得失中产生灵感的诗人，住在那个善于唱歌吹笛的聪敏女孩子原来所住的小房中，想从窗口间一霎微光，或书本中一点偶然留下的花朵微香，以及一个消失在时间后业已多日的微笑影子，返回过去，稳定目前，创造未来。或在绝对孤寂中，用少量精美文字，来排比个人梦的形式与联想的微妙发展。每到小溪边去散步时，必携同我那个五岁大的孩子，用箬竹叶折成小船，装载上一朵野花，一个泛白的螺蚌，一点美丽的希望，并加上出于那个小孩子口中的痴而黠的祝福，让小船顺流而去。"诗人"必然眼睛湿蒙蒙的，心中以为这个五寸长的船儿，终会有一天流到两千里外那个女孩子身边。"这个折竹船顺水漂流的相当"文学化"的细节，却是实有的，沈从文在另一篇散文《黑魇》也写过。

《绿魇》里还说，"诗人所住的小房间，既是那个善于吹笛唱歌的女孩子住过的，到一切象征意味的爱情，依然填不满生命的空虚，也耗不尽受压抑的充沛热情时，因之抱一宏愿、将用个三十万言小说来表现自己，扩大自己。两年来，这个作品居然完成了大部分。有人问及作品如何发表时，诗人便带着不自然的微笑，十分慎重地说：'这决不忙发表，需要她先看过，许可发表时再想办法。'"

二

小说以抗战初期的邦国社会为背景，以一对青年男女的悲欢离合为主线，四卷，写三年时间，四个地点——两个战区中心武汉和延安，两个大后方城市成都和昆明——季节轮换，山水相隔又相连，"行行重行行"——作品借《古诗十九首》的一句作为的题词，取字面上反复行进的态势。

这小说读起来，是很需要点耐心的。卞之琳虽然觉得他是在写一种与诗大不相同的东西，但他写小说，还是像他写诗。他的诗耐读，他小说里的句子差不多也是需要你读"进去"，读到句子里面去，而不可读"下去"，一句一句毫无阻碍地连下去。第一卷《春回即景一》那一章，写到女主人公林未匀在武汉街头碰到当年为她和梅纶年牵线搭桥的廖虚舟，廖说曾见梅纶年的指铗里无意中截留着一小片新月形、色彩鲜明的指甲——

未匀这一下禁不住脸红了。

"我还记得，"廖又说下去，"你在交给我的一篇卷子里问起为什么大家相信如来也喜欢香花供奉，过后，在那个冬天，纶年又问我说，如果《诗经》里的情歌原来都出于孔子自己的手笔，你会觉得蹊跷吗？多离奇的一对问题，可是他们互相回答得正好，而且很美，可不是？因此，"他说得严肃了起来，"原谅我倚老卖老，我要劝勉你们协同努力，证悟你们的价值，践行你们在永恒里的位置。我把你们当作道的诸相之一。我把你们两个放在一起看作正配在最高枝上开放的一朵花，而叹赏那一个永远高洁的风姿。'天行健'，也就表明了永求完美的努力。（你看我实在并不是一个佛家，我只是拿佛家想法的空灵来清疏了我儒家头脑的踏实。）不错，每一分钟的努力之内都有永恒的刹那——一个结晶的境界进向次一个结晶的境界，这就是道。进步也就该如此。"他接着用比喻说明了一下，那在未匀一时更难于索解。"还是不要紧的，"他继续说，"即使'溯回从之'，仍然是'宛在水中央'。噢，对了，去年春天也就是我催劝他直下江南去的，你知道。"他又把眉头皱成了一个微笑。

用情其实是践道。这里的话可以为卞之琳的某些诗做注解。也不妨看成是这部长篇作品所写的"儿女情长"不同一般的核心所在。践道是很重的词，轻易不会用；其情如何，也不是可以轻易说说的。

熟悉卞诗，再来读小说，不时会碰到会心处。行文中多次说到梅纶年的"交通史研究"，譬如第二卷的一章，《山水·人物·艺术》，未匀由三峡风光、一位现代法国作家的议论、"巴东三峡巫峡长，猿啼三声泪沾裳"的渔歌，想到古今的交通工具，接下来，想到纶年，"未匀想纶年又该眉开眼笑得把面孔都圆成一个孩子脸了，因为他总以交通史研究者的资格而津津乐道一位现代西洋作家关于文学作品说的古今的'同时的存在'。"读到这里，不能不想起《无题》里著名而突兀的句子："隔江泥衔到你梁上，／隔院泉挑到你杯里，／海外的奢侈品舶来你胸前：／我想要研究交通史。"除了这首诗，还真没看到因为所爱的人戴着舶来的饰品而要研究"交通史"的。

这一对儿女，相聚又分离，又相聚又分离，回环往复的感情既有上旋的希望又有下旋的危机，总在旋进的态势里，小说似乎没法结束。第四卷写两人在昆明重会，谈论未匀画的一幅山水，未匀又给纶年表演昆曲《昭君出塞》里的舞姿，那么聪慧的两个人，自然能更深地体会：山川隔人、联起人来的也是山川。隔隔联联，没有终了。写小说的人硬造出一个结局，说是，"只因小说总得告一个段落，有一个收场，所以，在最后从整体说来是宁穆的情调中，同样以冷嘲色调一方面使并不贪生怕死的纶年在前方的险境里没有发生事故而在后方安然不避空袭，猝被轰炸所消行灭迹，一方面使总想高飞远举的未匀先一步飞走别处而落入了有待她挣脱出来的一种无形的精神罗网。"

三

近来看到几篇文章提到《山山水水》这部长篇，不约而同地说是卞之琳用英文创作的，其实是卞之琳自己用英文译改中文初稿。中文稿在当时不可能出版，除了上引沈从文说的人事原因之外，还有"政治问题"：小说第三卷写延安，在国统区显然犯忌。卞之琳选择用英文译改，当然还有他个人创作上的野心：当时用英文写的中国题材作品，像赛珍珠那样的使他感到可憎，因为迎合西方的偏见和口味，出中国"洋相"；像林语堂那样"美化"中国，他也不怎么佩服。

卞之琳用英文译改、修订这部作品，也真是下了苦功。不仅耗时长久，而且跨越山山水水。一九四七年卞之琳获英国文化协会"旅居研究奖"，到牛津继续修订译改稿。卞之琳曾经在一九四五年翻译过衣修午德的小说《紫罗兰姑娘》，一九四八年六月衣修午德约他在伦敦午餐，他带去了《山山水水》上编英文译改稿，请衣修午德过目。衣修午德读后给他写了一封信：

> ……我已经读了你的小说，它非常使我感兴趣。实在，我从没有读到过任何作品能如此满足我对现代中国生活的好奇心。我第一次好像"听见"了活的中国人谈话的调子——轻松，微妙，在冷嘲语和玩笑话后边的严肃意味。未匀是一个迷人的人物。她所说和所想的每点似乎都增加了我对中国的了解！
>
> 然而把这部书译成英文，我恐怕，你担当了一个几乎是不可能的任务。为达到任何通常的目的，你的英文知识当然是足够的。但只有英国人——实在只有极少数几个英国人——才能完全胜任于对待你写这部书所用的极端复杂的风格。试想一个法国人把普如斯特译成英文，或者一个英国人把亨利·詹姆士译成法文吧！事实上，我以为你却作出了奇迹，但是你的英文里还有——可以这样说吧？——百分之十五的中文！我知道你会了解我这样坦率讲，无非是因为我如此赞佩你的作品，因为我愿意见到它获

得最充分的赏识。

衣修午德既真心地称赞，也坦率地指出问题。信中提到普如斯特和亨利·詹姆士，卞之琳"从中感到一点公平的戏嘲，顿令我憬悟。"他在一个冬日多雾的中世纪山村柯茨瓦尔德（The Cotswalds）继续埋头译改修订。自己也没想到不久事情会发生急转：淮海战役打响的消息"震醒"了他，使他断然搁笔，乘船回国。回国后投身到热潮里，过了年把想起这部小说，就把中文初稿找出来付诸一炬，"原因就在于我悔恨了蹉跎岁月，竟在那里主要写了一群知识分子而且在战争的风云里穿织了一些'儿女情长'！"英文译改稿也在文革初期散失。

卞之琳的"悔恨"和焚稿，并非无端之举。一九三八年的延安之行是他个人思想变化的一个转折点，《山山水水》有一章叫《海与泡沫》，写延安的集体开荒，他那时已经在感受"文化人拿锄头开荒的意义"了。

五十年代初期的卞之琳没想到他那时已经烧不干净了，因为他在中文全稿完成后，曾把一些章节零零散散在杂志上发表过了。我们今天能够看到的，就是这些章节。一九八二年香港山边社印行了这部零散残存的《山山水水》，约七八万字的篇幅，卞之琳写了《卷头赘语》，回忆了写作这部作品的过程，说现存的"残砖破瓦""远远不及全稿的十分之一"。珠海出版社一九九七年出版"世纪的回响"丛书，其中有卞之琳的一册《地图在动》，把香港出的这本小书全部收在里面。

四

再说一点作品外的事。在沈从文看来，创作这部小说的诗人，在现实中是有些不明白的地方的。接着文章开始引的文字，沈从文写道："决想不到作品的发表与否，对于那个女孩子是不成为如何重要问题的。就因为他还完全不明白他所爱慕的女孩子，几年来正如何生存在另外一个风雨飘摇事实巨浪中。怨爱交缚之际，生命的新生复消失，人我间情感与负气作成的无可奈何环境，所受的压力更如何沉重。这种种不仅为诗人梦想所不及，她自己也还不及料，一切变故都若完全在一种离奇宿命中，对于她加以种种试验。这个试验到最近，且更加离奇，使之对于生命的存在与发展，幸或不幸，都若不是个人能有所取舍。……当有人告给二奶奶，说三年前在后楼住的最活泼的一位小姐，要回到这个房子来住住时，二奶奶快乐异常地说，'那很好。住久了，和自己家里人一样，大家相安。X 小姐人好心好，住在这里我们都欢喜她！'正若一个管理码头的，听说某一只船儿从海外归来神气一样自然，全不曾想到这只美丽小船三年来在海上连天巨浪中挣扎，是种什么经验。为得来这个经验，又如何弄得帆碎橹折，如今的小小休息，还是行将准备向另外一个更不可知的陌生航线驶去！"

二〇〇一年八月十九日

葡萄苹果死于果子，而活于酒

一九三一年，卞之琳在北京大学上英诗课，颇得老师徐志摩嘉许，徐志摩讲十九世纪的浪漫派，特别是雪莱，讲得天马行空，天花乱坠。十一月徐志摩遇难后，这门课由叶公超接替，叶公超拿手的却是二十世纪的现代主义，使那时正借鉴以法国为主的象征派诗的卞之琳发现了另外一个世界：初识英国三十年代左倾诗人奥顿以及已属现代主义范畴的叶慈晚期诗；他还特嘱卞之琳为《学文》创刊号专译托·斯·艾略特著名论文《传统与个人的才能》。卞之琳后来追忆说，此类现代主义诗歌和诗论，不仅影响了自己在三十年代的诗风，而且大致对三四十年代一部分较能经得起时间考验的新诗篇的产生起过作用。

要说卞之琳在中国新诗史上的位置，这样一种个人的"学诗经历"其实就可以表明很多了。英国的浪漫派、法国的象征派和英美的现代主义，在中国新诗史上都能够找到受其影响的对应诗人和作品，卞之琳处在其间，不免各种熏染；更重要的是，他所处的也正是一个转折和变化的点位，卞之琳的贡献，在于他自觉地追求和推动了这种转折和变化，成为三四十年代中国现代派诗歌之间的一座桥梁：在桥梁的这一边，是徐志摩为代表的后期新月派，戴望舒为代表的现代派；桥梁的那一边，是穆旦为代表的新一代中国现代主义的诗歌创作。

但卞之琳的诗又岂止是过渡的桥？正像我们不经意地说他受西方或传统的"影响"，他自己却是在努力地要把"欧化"或"古化"变为"化欧"或"化古"而突出一个中国现代诗人的主体性的情形一样，他的诗也要求着自身存在的独立性和完整性。

在自述长文《〈雕虫纪历〉自序》里，诗人说，"人非木石，写诗的更不妨说是'感情动物'。我写诗，而且一直是写的抒情诗，也总在不能自已的时候，却总倾向于克制，仿佛故意要做'冷血动物'。规格本来不大，我偏又喜爱淘洗，喜爱提炼，期待结晶，期待升华，结果当然只能出产一些小玩意儿。"一方面没有真情实感不会去写诗，诗的数量也就很有限，另一方面，在这真情实感之下写诗，却并不就是去直接表达，"我总喜欢表达我国旧说的'意境'或者西方所说'戏剧性处境'，也可以说是倾向于小说化，典型化，非个人化，甚至偶尔用出了戏拟（parody）。所以，这时期的极大多数诗里的'我'也可以和'你'或'他'（'她'）互换"。

如此看来，如其说卞之琳的诗在表达感情，还不如说在隐藏感情。淘洗也好，提炼也好，非个人化也好，戏剧性处境也好，或者是为人称道的由"主情"向"主智"的转化、诗中的哲理意趣，都不妨看作是隐藏个人真情实感的手段。奇妙的是，也正是这样的隐藏感情的手段锻炼和成就了卞之琳独特的诗艺诗风。

"你站在桥上看风景，/看风景人在楼上看你。//明月装饰了你的窗子，/你装饰了别人的梦。"这首著名的《断章》，按照"主智"的理解，可以解释为相对的时空关系及其转换，诗人自己也愿意别人这样理解，可就是这四句诗，写尽了他的矜持、内向、沉潜和顾虑，也隐藏起多少至深的情感。

卞之琳先生在九十周岁生日前去世了，这让我想起他年轻的时候就讲过"生生之谓易"的道理——他明白"葡萄苹果死于果子，而活于酒"。

二〇〇〇年十二月四日

穆旦在芝加哥大学

——成绩单隐含的信息及其他

一、寻找穆旦的遗迹

我的行李里面放着两卷精装的《穆旦诗文集》（人民文学出版社，二〇〇五年），虽然是讲课的需要，但也并不是非带不可。我希望在客居的空闲时间重读穆旦诗文，更希望，我能够趁在芝加哥大学的二〇〇六年秋季学期，找到穆旦的硕士论文。穆旦一生写的文章很少，诗和译诗之外的各类文字，仅编成一册，首篇是小学二年级时候的几句话短文。倘若能够找到穆旦在芝加哥大学研究生毕业时候的论文，一定是很有价值的吧。

刚到没几天，我就去找 Jackson 公园，因为穆旦和妻子周与良有张在这个公园的照片。走了很多冤枉路，进入公园的 Bobolink Meadow。那里人很少，都是黑人。有一个黑人很远从停着的车里下来，向我这边走，跟我打招呼，我只是向他摆手，继续赶路。他见我不理会，就回车里了。走出公园，看到自己是在 63 街上。原本我打算要租的房子是在 60 街，几乎所有的人都说不安全，要是他们知道我一个人走进了 63 街，怕是更要吃惊不少吧。这次"冒险"也让我在心里感慨，当年穆旦晚上出去打工，清晨三四点钟回家，上下班都路过黑人区；他常买五美分的热狗，只有黑人居住区才有这么便宜的食品。没想到现在，黑人区和不安全联系得这么紧密了。

很容易就找到了 61 街穆旦和周与良婚后租住的一处公寓，6115 Greenwood Ave；他们在这里没有住多久，就搬到了 5634 1/2 Maryland Ave。我从东亚系的办公室走出来，找到后面这个有点奇怪门牌号，也不过十分钟。正拍照的时候，租住在这里的两个年青人回来了。我说，你们知道这里曾经住过一个中国诗人吗？这两个美国人一听，非常兴奋，其中一个马上背了几句中国诗，我猜想，那可能是英译的中国古典诗。

接下来找毕业论文，却是一无线索。刚开始，图书馆的人告诉我，很简单，电脑上查一下编目就可以了。可是图书馆的编目上没有。图书馆地下 A 层是放论文的地方，我想，穆旦是英文系的，论文不出英国文学和美国文学的范围，我就在这两大类里一本一本地翻。翻了一下午，全翻遍了，也没个结果。又到英文系去找，英文系存放学生材料的地方也看过了，根本就没有任何穆旦的信息。

这样找来找去，论文没找到不说，被我打扰的人甚至产生了这样的疑问：你敢肯定这个人是芝加哥大学毕业的吗？

还好，多方周折之后，在图书馆特藏部找到了一本学生住址本 *Student Directory 1950—1951*，上面有穆旦一九五〇年到一九五一年的住址，即我已经看过的 5634 1/2 Maryland Ave；又找到一本毕业典礼活动安排 *Convocation Programs 1951—1954*，在一九五二年六月十三日洛克菲勒纪念教堂举行的毕业典礼的硕士学位授予名单上，写着穆旦的名字。

论文还是一点影子都没有。

一直陪我查找论文的东亚系博士生丁珍珍，有一天对我说：我要送你一份礼物。我曾经跟她说过，如果能找到穆旦的成绩单，也很好。我只是这样说说，心里并不抱有多大希望。哪里想到她真从登记注册处（Office of Registrar）找到了穆旦的成绩单。

二、穆旦的成绩单

这份成绩单解答了为什么费了那么大的精力没有找到学位论文：穆旦没有做论文。成绩单最后标明：Degree of A. M. conferred Jun 13，1952，without Thesis. 他选择了考试的方式，拿到了硕士学位。

特别值得注意的是，这里还标明了授予硕士学位的确切时间：一九五二年六月十三日。这个时间，即是上文提到的 *Convocation Programs* 所记载的穆旦参加在洛克菲勒纪念教堂举行的毕业典礼的时间。

第一本穆旦纪念文集《一个民族已经起来》（杜运燮、袁可嘉、周与良编，江苏人民出版社，一九八七年）附有《穆旦小传》，称"一九五一年获硕士学位"；后来李方编《穆旦（查良铮）年谱简编》作为《穆旦诗全集》（中国文学出版社，一九九六年）的附录，十年后修订为《穆旦（查良铮）年谱》附录于《穆旦诗文集》，都在一九五〇这一年项下，称"年末，获得文学硕士学位"；第一部《穆旦传》（陈伯良著，浙江人民出版社，二〇〇四年）《历尽艰难回祖国》一节，也持"一九五〇年年末，……获得文学硕士学位"的说法。有了这份成绩单，这些说法就可以纠正了。

根据成绩单，穆旦是一九四九年九月二十七日入学的，英文名字是 Conway Liang – Cheng Cha。在读期间选修的课程和成绩，依次排列如下：

一九四九年　秋季学期：

T. S. ELIOT   B

SOCA. TH. & ANAL. OF LITERARY FORMS   B

一九五〇年　冬季学期：

THE HIST. OF LITERARY CRIT'M   A

"THE CANTERBURY TALES"   B

ENGLISH DEFICIENCY（w）   B

一九五〇年　春季学期：

ENG. GRAMMAR, ANAL. &HIST'L   B

ALEXANDER POPE   B

BIBLIOG. & LIT'Y HISTORIOG'Y   B

一九五〇年　秋季学期：

FRENCH FOR READ. REQ'TS   R

INTERMED. RUSSIAN   B

INTR. TO RUSSIAN LIT.   A

一九五一年　冬季学期：

HIST. OF AMERICAN LIT.   C

PREP. FOR EXAMS.   P

INTERMED. RUSSIAN   A

又，一九五一年一月二十九日通过了法语考试。

一九五一年　春季学期：

CONTEMPORARY POETRY   B

LIFE & WORKS OF SHAKESPEARE   B

INTERMED. RUSSIAN   A

一九五一年　夏季学期：

RESTORATION DRAMA   B

INFORMAL COURSE   A

穆旦的成绩并不算好，B 居多，有一门美国文学史，竟然是 C。所以如此，可以做几个方面的推测：穆旦从西南联大外文系毕业的时间是一九四〇年，到芝加哥大学英文系读研究生，是在九年之后，中间经历多多，一言难尽，不是从学生到学生的单纯生活。但这一点可能不是重要的；还需要考虑的是，穆旦在四十年代就已经写出了足以奠定他在新诗史上重要位置的作品，虽然他还很年轻；当他来到芝加哥读书的时候，在心理上，有意无意间，不太可能把成绩看得特别重，像一个从大学生直接读到研究生的学子那样去计较 A 和 B。我甚至想，他可能根本就没把成绩当回事。

成绩单上很触目的是，最终学位考试（FINAL EXAM FOR THE MASTER'S DEGREE），在一九五二年二月二十日到二十二日进行，他没有通过，F。三个月之后，五月二十一日到二十三日，他不得不再考一次，这一次通过了。

熟悉穆旦的人看穆旦的选课，看到他入学第一个学期就选了 T. S. 艾略特，不免会心一笑。T. S. 艾略特是穆旦在西南联大时期最热衷钻研的诗人之一（另一个是 W. H. 奥登），他那个时候就在课堂上听燕卜荪（William Empson）讲过，自己的诗歌创作也见出明显的影响。一九五一年春季他又选了当代诗歌，也是西南联大时期兴趣的延续。如果我们再往后看，大概从一九七三年开始，穆旦有选择地翻译英美现代诗歌，主要是艾略特和奥登，留下一部遗稿《英国现代诗选》。周珏良在遗稿的序言中回忆，"我特别记得一九七七年春节时在天津看见他，他向我说他又细读了奥登的诗，自信颇有体会，并且在翻译。"(《穆旦译文集》第四卷，三三二页，人民文学出版社，二〇〇五年）穆旦去世是在一九七七年农历正月初九。对英美现代诗，从青年时期的兴奋接触和钻研，到留学时期的继续学习，再到晚年，在"文革"后期的那个环境里一个人偷偷翻译，乃至生命临终的用心体会，不能不说是沉潜往复，源远流长。

这份成绩单还有一点需要特别注意，就是这个英文系的学生，却一连三个学期选修俄语课，第一学期是 B，后面两个学期都是 A，还选修了一门俄国文学导论，也是 A。穆旦在西南联大时期就跟俄语专家刘泽荣教授学过俄语。芝加哥时期，他对俄语和俄国文学的热情，和对新中国的热情存在着紧密的联系。

芝加哥大学的中国留学生组织了一个"研究中国问题小组"，参加的人有杨振宁、李政道、邹谠、巫宁坤等，穆旦也在其中。小组关注新中国成立后的情况，穆旦表现激进。芝大的国际公寓（International House）是大家经常聚会的地方，周与良回忆，"许多同学去那儿聊天。良铮总是和一些同学在回国问题上争论。有些同学认为他是共产党员。我说如果真是共产党员，他就不这么直率了。"（《永恒的思念》，《穆旦诗文集》第一卷，五页）

和穆旦同上俄语课的傅乐淑回忆："我们同选一门课 Intensive Russian，这是一门'恶补'的课，每天六小时，天天有课……选此一门课等于平日上三年俄文的课。……穆旦选此课温习俄文。每逢作练习时，他常得俄文教授的美评。那时他正在翻译普希金的诗。他对我说：选此课可向俄文老师请教自己读不通的字句，译诗将是他贡献给中国的礼物。在芝大选读这门课程的二十来人中，穆旦是班上的冠军。"(《忆穆旦好学不倦的精神》，《丰富和丰富的痛苦》二二二页，北京师范大学出版社，一九九七年）

有了这份成绩单，也就不难理解，穆旦回国以后，何以在短短的几年时间内，就翻译了数量超出一般人想象的俄国文学理论和作品。不仅有季摩菲耶夫的《文学概论》、《怎样分析文学作品》、《文学发展过程》、《文学原理》（这四本书由上海平明出版社一九五三年到一九五五年出版，其实是一部著作，即《文学原理》，前三书分别是这部著作的三个部分），更有普希金的《波尔塔瓦》、《青铜骑士》、《高加索的附录》、《欧根·奥涅金》、《加甫利颂》、《普希金抒情诗集》、《普希金抒情诗二集》（这些书出版于一九五四年到一九五八年，出版者是上海平明出版社，以及后来平明出版社并入的上海新文艺出版社）。

原来穆旦在芝大选课的时候，就想着他将来要"贡献给中国的礼物"。

三、自译诗和写诗

诗人穆旦在一九四八年之后，创作上出现了一个停滞期，这个停滞期包括芝加哥留学的几年。但是这几年和诗的关系还是有点特殊，特别是一九五一年前后，他把自己过去的多首作品翻译成英文，还在这一年写了两首诗。

一九五二年，纽约出版了一部《世界名诗库》（*A Little Treasury of World Poetry*：*Translations from the Great Poets of Other Languages, 2600 B. C. to A. D*，New York：C. Scribner's Sons，1952），编者是 Herbert Greekmore，选了穆旦两首诗：*Hungry China*（《饥饿的中国》），*There Is No Nearer Nearness*（《再没有更近的接近》，是《诗八首》的最后一首）。穆旦把自己的诗译成英文，可能源于投稿的动机，翻译了多首，最后选中两首；也可能是先翻译了其中的一部分，选中两首之后受到鼓舞，又翻译了一些。

　　根据《穆旦诗文集》第一卷，穆旦自译的诗有十二首：

　　《我》（*Myself*）、《春》（*Spring*）、《诗八首》（*Poems*）、《出发》（*Into Battle*）、《诗》（*Poems*）、《成熟》（*Maturity*）、《旗》（*Flag*）、《饥饿的中国》（*Hungry China*）、《隐现》（*Revelation*）、《暴力》（*Violence*）、《我歌颂肉体》（*I Sing of Flesh*）、《甘地之死》（*Upon Death of Mahatma Gandhi*）。

　　这十二首诗的写作时间，从一九四〇年到一九四八年，正是穆旦创作成熟和旺盛的时期。他把这些诗挑选出来，精心翻译，这个过程，未尝不可以看作是回头检视自己创作的过程，也就不可避免地带有回顾和总结的意味。

　　这个重温和检视、回顾和总结，也隐约含有告别青年时代的写作的意思。此时的穆旦，思想上正发生较大的变化，这个变化非常清楚地表现在一九五一年写的《美国怎样教育下一代》和《感恩节——可耻的债》两首诗中。强烈的社会政治意识不加掩饰地表现在对美国资本主义的批判之中，这与对新中国的憧憬和热情恰是一体两面。

早在一九五〇年，穆旦就开始办理回国手续，因为周与良读的是生物学博士学位，"当时美国政府的政策是不允许读理工科博士毕业生回国，文科不限制。良铮为了让我和他一同回国，找了律师，还请我的指导教师写证明信，证明我所学与国防无关。"（周与良《永恒的思念》，《穆旦诗文集》第一卷，六页）直到一九五二年，美国移民局才批准他们回香港。十二月，他们离开美国，一九五三年一月，经深圳到广州，再去上海。二月末到北京，在等待分配期间就投入《文学原理》的翻译。五月，教育部分配穆旦到天津南开大学外文系任副教授。

四、"我们的家总是那么热闹"

穆旦长子查英传在二〇〇六年十月十八日给笔者的信中，说："我父母在芝大的日子是他们一生最快活的时候。"这，无论如何是当年急于回国的穆旦料想不到的。

穆旦和周与良一九四九年十二月在弗罗里达州的一个小城结婚，婚后住在芝大校园附近的公寓，来往的朋友很多，周末聚会，打桥牌，跳舞。他们还常去数学系教授陈省身家里玩，美餐。穆旦待人以诚，大家都喜欢他，周与良说："我们的家总是那么热闹。"（《永恒的思念》，《穆旦诗文集》第一卷，四页）

一九七三年四月二十九日，在南开大学图书馆上班、每天提早半个小时去打扫厕所的穆旦，接到校方通知，在有关人员的"陪同"下，到第一饭店去见了美籍数学家王宪钟。这是二十年来第一位从美国来访的老友，穆旦赠送一册一九五七年出版的《欧根·奥涅金》。一九七五年十月六日，芝加哥大学时期的朋友邹谠、卢懿庄夫妇来天津，穆旦也只能到天津饭店去见他们，日记中记："下午五时到达，同到鸭子楼晚餐（每人十元餐费），后到旅舍又谈一小时而归。"（《日记手稿（四）》，《穆旦诗文集》第二卷，三〇六页）

我在芝加哥大学东亚系讲穆旦诗的那次课上，注意到学生从图书馆借来的书，其中一本薄薄的《穆旦诗选》（人民文学出版社，一九八六年），扉页上有题签："母校芝加哥大学东亚图书馆留念　周与良赠　一九九二年六月二十五日"；另一本《穆旦诗全集》，也有题签，是几年之后查英传赠送的。

二〇〇六年十二月二十一日

穆 旦 与 萧 珊

一、"您问起她安葬的地方"

一九七二年十月二十七日，巴金致信穆旦：

良铮先生：

谢谢您的来信。我几次拿起笔想写回信，可是脑子里仿佛一团乱麻，不知道从哪里写起，现在还是如此。想来想去，我只能写上面写的那两个字：谢谢。我想说的许多话都包括在它们里面了。其他的我打算等到我的问题解决以后再写。死者在病中还几次谈到您，还想找两本书寄给您（《李白与杜甫》），后来书没有买到，又想您也许用不着，也就没有再提了。您问起她安葬的地方，我只能告诉您她的骨灰寄存处，那是龙华火葬场（漕溪路二一〇号）二楼六室八排四一七号四格。您将来过上海，去那里，可以见到她的骨灰盒。我本来要把骨灰盒放在家里，孩子们怕会影响大家的情绪，就存放在火葬场，三年后可以接回家来。至于一般的公墓，早已没有了。

再一次谢谢您。祝

好！

李尧棠　十月廿七日

这封信见《巴金全集》第二十四卷（人民文学出版社，一九九四年版）第二四三页。信中的死者，陈蕴珍，即萧珊。萧珊一九一八年出生于浙江鄞县，一九三六年因喜爱巴金小说而开始与巴金通信，从而相识。一九四四年与巴金在贵阳结婚。五十年代萧珊翻译出版了屠格涅夫的《阿西娅》、《初恋》、普希金的《别尔金小说集》等作品。一九七二年八月十三日因患癌症去世。

巴金从一九七〇年春节后在上海奉贤县五七干校劳动改造，萧珊病重时请假回家照料不被批准，直到萧珊住进中山医院，才得到"工宣队"头头允许，在妻子最后的将近二十天里看护陪伴。期间种种不堪，巴金在《怀念萧珊》里有痛切的叙述。

一九七二年二月，穆旦结束了在天津郊区大苏庄五七干校的劳改，回到南开大学图书馆继续接受监督劳动，每天比别人早上班半小时，"自愿"打扫厕所。

一九七一年底，穆旦和萧珊恢复了中断多年的联系。一九七二年七月十二日，萧珊已经是重病，还给穆旦写信，感慨万千："我们真是分别得太久了。是啊，我的儿子已经有二十一岁了。少壮能几时！生老病死就是自然界的现象，对你我也不例外，所以你也不必抱怨时间。但是十七年真是一个大数字，我拿起笔，不知写些什么……"（陈伯良《穆旦传》，浙江人民出版社，二〇〇四年，一一二页）

二、"由于有人们的青春，便觉得充满生命和快乐"

一九三九年，萧珊考入已经迁至昆明的中山大学外文系，随后转入西南联大，先在外文系就读大约一年时间，后又改入历史系。这个时期的穆旦，已经是显示出卓越才华的联大学生诗人。一九四〇年，穆旦毕业后留在外文系作助教，一九四二年二月参加中国远征军，赴缅甸抗击日军。萧珊也在这一年暑假之后辍学离开昆明，到桂林文化生活出版社办事处协助巴金工作。

西南联大时期穆旦与萧珊初识和交往，此后的抗战岁月里各自颠沛流离，偶有短暂的聚会。因为萧珊，穆旦结识了巴金。一九四八年二月，穆旦的诗集《旗》，列入巴金主编的"文学丛刊"第九集，由上海文化生活出版社出版。

一九四八年三月，穆旦的女友周与良从上海起程赴芝加哥大学攻读生物学博士学位，穆旦送行。逗留上海的一段时间，霞飞坊（后来的淮海坊）五十九号，巴金和萧珊的家，成了穆旦度过许多愉快时光的地方。多年之后，一九七三年十月，穆旦给萧珊的朋友杨苡写信，回忆起当时的情景：

> 回想起在上海李家的生活，我在一九四八年有一季是座中常客，那时是多么热闹呵。靳以和蕴珍，经常是互相逗笑，那时屋中很不讲究，厨房是进口，又黑又烟熏，进到客室也是够旧的，可是由于有人们的青春，便觉得充满生命和快乐。汪曾祺，黄裳，王道乾，都到那里去。每天下午好像成了一个沙龙。我还记得巷口卖馄饨，卖到夜晚十二点；下午还有卖油炸臭豆腐，我就曾买上楼，大家一吃。那时的情景还历历在目，可是人呢？想起来不禁惆怅。现在如果黄裳再写出这样一篇文章来，那就更觉亲切了。（《穆旦诗文集》第二卷，人民文学出版社，二〇〇六年，一四一页）

多年以后，黄裳悼念巴金，写出同样亲切的回忆："女主人萧珊好客，五十九号简直成了一处沙龙。文艺界的朋友络绎不断，在他家可以遇到五湖四海不同流派、不同地域的作家，作为小字辈，我认识了不少前辈作家。所谓'小字辈'，是指萧珊西南联大的一群同学，如穆旦、汪曾祺、刘北汜等。巴金工作忙，总躲在三楼卧室里译作，只在饭时才由萧珊叫他下来。我们当面都称他为'李先生'或'巴先生'，背后则叫他'老巴'。'小字辈'们有时请萧珊出去看电影，坐DD'S，靳以就说我们是萧珊的卫星。"（黄裳《伤逝——怀念巴金老人》，《珠还记幸》（修订本），三联书店，二〇〇六年，四一二页）

三、穆旦的翻译与平明出版社和萧珊：
"我们有一种共感，心的互通"

穆旦与萧珊的交往，最重要的时期是二十世纪五十年代。

一九五三年初，穆旦、周与良夫妇从美国学成归来，途经上海，巴金、萧珊在国际饭店宴请他们。巴金自一九四九年九月辞去文化生活出版社的社务后，又于十二月主持了一个小型的出版社，平明出版社，以出版世界文学的翻译作品为主，尤其是俄罗斯和苏联文学。巴金自己翻译的屠格涅夫、高尔基等人的作品，很快就由平明社出版了多种。

穆旦在芝加哥大学期间苦读俄语和俄罗斯文学，正准备翻译俄罗斯及苏联文学，与平明出版社的倾向不谋而合，自然受到了巴金、萧珊的热情鼓励。

穆旦翻译的黄金时代，迅速来临了。

一九五三年十二月，《文学概论》、《怎样分析文学作品》出版；随后又在一九五四年二月出版了《文学发展过程》，一九五五年六月出版了《文学原理》。这四种文艺理论著作是苏联季摩菲耶夫所著《文学原理》的四部。

一九五四年四月，普希金的《波尔塔瓦》、《青铜骑士》、《高加索的俘虏》出版；十月，《欧根·奥涅金》出版；十二月，《普希金抒情诗集》出版；一九五五年十一月，《加甫利颂》出版。诗人穆旦销声匿迹了，隐形之后化身为诗歌翻译家查良铮；诗歌翻译家查良铮，最初出现的时候，带来的是流传广泛的普希金诗歌。

以上这些文艺理论著作和普希金作品，都是由平明出版社出版的。一九五五年十一月平明出版社还出版了穆旦翻译的《拜伦抒情诗选》，署名梁真。后来私营归并公营，成立上海新文艺出版社，又由上海新文艺出版社一九五七年出版了穆旦翻译的《波尔塔瓦》、《欧根·奥涅金》、《普希金抒情诗集》、《普希金抒情诗二集》、《拜伦抒情诗选》，一九五八年出版了《高加索的俘虏》、《加甫利颂》以及《别林斯基论文学》。

那么，在穆旦的翻译活动和翻译作品的出版过程中，萧珊起到了什么作用？

首先要看看萧珊为平明这个小型的出版社所做的工作。事实上，萧珊是平明的义务编辑；而从萧珊和巴金这一时期的通信里，我们可以看到具体的情形。譬如一九五三年九月八日的这一封（《家书——巴金萧珊书信集》，浙江文艺出版社，一九九四年，一三三页），这个时候巴金第二次入朝鲜访问，萧珊告诉他：

> 我已开始为"平明"拉稿，王佐良有信来，他有意搞一点古典作品，我叫他先译狄更司的 *Martin Chuzzlewit*，姜桂侬也愿意为平明搞一点古典作品，杨周翰、王还夫妇有意 Swift，我就叫他们搞 *Gulliver's Travels*, *Tale of a Tub* 两书，你看如何？只是他们都很忙，都得明年交书了。他们说平明可以出"题目"，来些

整套什么，但出题目主要得有人，光出题目，没有人来完成也是徒然，所以我还是让他们自己出题目。你的意思如何？我把平明的出版方针给他们谈过一下。我也叫王佐良拉稿了。

……

关于"平明"，你有什么计划，也请告诉我。

萧珊向西南联大出身的王佐良、杨周翰等拉稿，再自然不过了；而王佐良、杨周翰又都是穆旦西南联大外文系的同学。对穆旦，萧珊就不仅仅是"拉稿"这样的关系了。

为了给穆旦翻译的作品配图，萧珊写信问巴金："我们普希金的好本子有没有？查良铮已译好一部，但没有插图。你能告诉我，我们的放在哪个书架吗？"（《家书》，一三七页）远在朝鲜的巴金仔细地回复说："普希金集插图本放在留声机改装的书柜内，盖子底下。"（《家书》，一四三页）为了保证翻译质量，萧珊还特意请卞之琳看稿，"我请他把查译的《波尔塔瓦》看了一遍，他觉得比得过一般译诗，那末就够了，我想再寄回去给查改一下。"（《家书》，一四〇页）

现在仅存两封穆旦致萧珊信，其中有翻译的讨论。穆旦信里说：

译诗，我或许把握多一点，但能否合乎理想，很难说。我的意思是：自己译完后，再重改抄一遍，然后拿给你先看，不行再交给我改。我对于诗的翻译，有些"偏执"，不愿编辑先生们加以修改。自然，我自己先得郑重其事：这一点我也已意会到。如果我不在这方面"显出本事",那就完了。你说对我要"苛求",正可以加重我原有的感觉。我在上信中已和你讨论译什么的问题。我有意把未来一本诗(十月底可以交稿,因为已有一部分早译好的)叫做《波尔塔瓦及其他》,包括《波尔塔瓦》、《青铜骑士》,和其他一两首后期作品,第二本叫做《高加索的囚徒》(也包含别的一些同时期的长诗在内),如果这样,便不先译《高加索的囚徒》这一首。你看怎样?如果名叫《普希金长诗集》分一,二两册,甚至三册四册(这名字单调些),那似乎要分年代顺序才合适,目前则不易办到。

这是一九五三年的一封信(《穆旦诗文集》第二卷,一三〇页),穆旦着手翻译普希金之初,从工作方式到翻译计划,都在与萧珊商量。

但更重要的,是两个老朋友的"共感,心的互通"。这既在译书和出版这样的事业之内,又在这之外,也可以说超乎其上。对于那个时期的穆旦来说,这种"共感,心的互通"的重要性,无论怎么估计都是不过分的。上引那封信的开头,穆旦这样写:

使我感动的是,你居然发牢骚说我的信太冷淡平淡了。可见我们很不错。你应该责备我。我为什么这么无味呢?我自己也在问自己。可是,我的好朋友,你知道不知道,现在唯一和我通信的人,在这世界上,只有你一个人。这样,你还觉得我太差吗?

我觉得我们有一种共感，心的互通。有些过去的朋友，好像在这条线上切断了。我们虽然表面上这条线也在若有若无，但是你别在意，在心里我却是觉到互通的。尤其是在我感到外界整个很寂寞的时候，但也许是因为我太受到寂寞，于是连对"朋友"，也竟仿佛那么枯索无味。也许是年纪大了，你的上一封信我看了自然心中有些感觉，但不说出也竟然可以，这自然不像年青人。你这么伤心一下，我觉得——请原谅我这么说——很高兴，因为这证明一些东西。现在我也让你知道，你是我心中最好的朋友。（同上，一二九至一三〇页）

这样的老朋友，自然可以无话不谈。一九五四年的一封信里，穆旦就情绪十分低落地发牢骚道：

我这几天气闷是由于同学乱提意见，开会又要检讨个人主义，一礼拜要开三、四个下午的会。每到学期之末，反倒是特别难受的时候。过得很没有意思，心在想：人生如此，快快结束算了。（同上，一三二页）

同信谈到平明出版社的前途，以及连在一起的自己的译书的前景，心情更是黯然：

你提到平明要归并到公营里去，也很出我的意外，因为我想也许可以经过公私合营的阶段，这自然不是一件很愉快的事，对你，对我。至少由于你的力量，我得到了不少的帮助和便利，一变为公营，这些就要全没有了，令人惋惜。对于巴先生和你来说，多少可以作为自己事业的依据是不是？但这既然是大势所趋，也只好任由它去了。……

关于《奥涅金》，有你和巴先生在为力，我心中又感谢，又不安。还是让事情自己走它的吧，如果非人力所可挽救，我是不会有什么抱怨的。希望你也抱着这种态度：不必希望太高，免得失望太多。（同上，一三二页）

下面的事，可能是穆旦不知道的。

一九五五年春天，杨苡从南京到上海来，靳以特意约她到家里谈话，除了说到胡风分子，又提到杨苡和萧珊共同的朋友和同学，谆谆嘱咐杨苡并让杨苡转告萧珊，以后注意点儿。杨苡和萧珊彻夜长谈，却引起争辩，"特别是为了一个我们共同的好友，一个绝顶聪明、勤奋用功的才从美国回来诚心诚意想为祖国做点贡献的诗人"，杨苡劝萧珊不要忙着为他出书，萧珊拒绝了。天快亮时两个人不欢而散。这还没完，送走杨苡后，萧珊立即去找靳以，指责他的多虑。（杨苡《淮海路淮海坊五十九号》，《文汇读书周报》二〇〇二年三月一日）

萧珊要不要为穆旦出书的问题，不久也就不再是问题。首先是平明没有了，自一九五六年起，穆旦译著就分散到其他出版社，他信里提到的萧珊"和巴先生在为力"的《欧根·奥涅金》，重新翻译的，一九五六年由上海文化生活出版社出版；与袁可嘉等人合译的《布莱克诗选》，一九五七年由人民文学出版社出版；一九五八年，他翻译的《济慈诗选》、雪莱诗集《云雀》、《雪莱抒情诗选》由人民文学出版社出版。再接下来，不论是哪里都不可能出穆旦的译著了：一九五八年十二月，穆旦成为南开大学"反右"运动放出的"一颗卫星"，法院到校宣布查良铮是"历史反革命"，到学校图书馆实施监督劳动。

四、"终于使自己变成一个谜"

一九七二年十一月二十七日，穆旦致信杨苡：

去年年底，我曾向陈蕴珍写去第一封信，不料通信半年，以她的去世而告终……蕴珍是我们的朋友，她是一个心地很好的人，她的去世给我留下不可弥补的损失。我想这种损失，对你说说，你是可以理解的。究竟每个人的终生好友是不多的，死一个，便少一个，终于使自己变成一个谜，没有人能了解你。我感到少了这样一个友人，便是死了自己一部分（拜伦语）；而且也少了许多生之乐趣，因为人活着总有许多新鲜感觉愿意向知己谈一谈，没有这种可谈之人，即生趣自然也减速。（《穆旦诗文集》二卷，一三九页）

一九五四年萧珊买过一部《拜伦全集》，她曾经在给巴金的信里还专门提过这本书，版本很好，有 T. Moor 等人的注解。她后来把这本书送给了穆旦。六十年代初，穆旦在极端恶劣的条件下开始偷偷翻译拜伦的《唐璜》，到一九六五年译完这部巨著。文革被抄家，这部译稿万幸没有被发现扔进火里。萧珊去世，穆旦为纪念亡友，埋头补译丢失的《唐璜》章节和注释，修改旧译。到一九七三年，《唐璜》全部整理、修改、注释完成，寄往人民文学出版社。一九八〇年，译者去世三年之后，这部译著终于出版。

穆旦去世的前一年，一九七六年六月，写了一首题为《友谊》的诗。他告诉同学和诗友杜运燮，诗的第二部分，"着重想到陈蕴珍"：

你永远关闭了，不管多珍贵的记忆
曾经留在你栩栩生动的册页中，
也不管生活这支笔正在写下去，
还有多少思想和感情突然被冰冻；

永远关闭了，我再也无法跨进一步
到这冰冷的石门后漫步和休憩，
去寻觅你温煦的阳光，会心的微笑，
不管我曾多年沟通这一片田园；

呵，永远关闭了，叹息也不能打开它，

我的心灵投资的银行已经关闭，

留下贫穷的我，面对严厉的岁月，

独自回顾那已丧失的财富和自己。

五、巴先生与穆旦译稿

一九七六年夏天，唐山大地震爆发，天津也受灾严重。巴金致信穆旦，同时也给穆旦的友人杜运燮等去信，打听穆旦的情况。"我等着平安的消息。倘使方便，请写几句话来，让我放心。"（《巴金全集》二十四卷，二四五页）

穆旦回信告诉巴金地震情况，他们在屋前搭了棚，晚间睡在棚内；又告诉巴金自己一月份骑车摔伤了右腿的股骨颈以至骨折，需用拐杖支撑才能走路。巴金回信，关心他的伤腿和翻译：

得信以前我一直不知道您摔伤的事。前几天杜运燮来信说您告诉他，您的腿要动大手术，而且手术后还得静养半年。我倒没有想到这样严重。希望您安心治病吧。运燮同志来信还说您已经做完了旧译普希金抒情诗五○○首的修改工作，这倒是一件可喜的事，"四人帮"垮台之后，普希金的诗有出版的希望了。我是这样相信的。（同上，二四六页）

十一月二十八日，穆旦回复巴金谈伤腿和翻译：

　　我的腿是股骨颈骨折，开始是嵌插在一起，生长好，就不必动手术，可惜我耽误了，没有按照规定养，前一个多月照 X 光，看到又裂一缝，因为这一裂纹，便不能用力，所以现在用拐支撑走路，必须进医院开刀，钉钉子进去。现在又因地震不断，医院不收，必须等地不震才行，今冬明春是天津地震期，过了这个时期，也许可以住院。如果那时还不行，我想移地治疗，也考虑去上海，那时再说了。现在不是卧床，而是在室内外和院内活动，只是变成用双拐的瘸子。

　　在腿折后，我因有大量空闲，把旧译普希金抒情诗加以修改整理，共弄出五百首，似较以前好一些，也去了些错，韵律更工整些，若是有希望出版，还想再修改其他长诗。经您这样一鼓励，我的劲头也增加了。因为普希金的诗我特别有感情，英国诗念了那么多，不如普希金迷人，越读越有味，虽然是明白易懂的几句话。还有普希金的传记，我也想译一本厚厚的。（《穆旦诗文集》二卷，一三七页）

　　转过年，一九七七年二月二十六日，准备伤腿手术的穆旦，突发心脏病去世。

　　巴金从巫宁坤信里得知消息，他回信说："您告诉我良铮逝世的消息，我觉得突然，也很难过。我只想到他的腿伤，听说他打算今年春天来上海，还以为不久可以见到他。蕴珍去世的时候，他还来信安慰我。我常常想将来见到他，要向他倾吐感激之情。没有想到连这样的机会也没有。"（《巴金全集》二十二卷，人民文学出版社，一九九三年，四七三页）

不久，巴金又致信巫宁坤，关心穆旦译稿："关于良铮译稿的事，我托人去问过北京的朋友，据说出版社可能接受，但出版期当在两三年后。我已对良铮在上海的友人讲过了。也介绍杜运燮同志去信打听过。今后我如有机会去北京，我一定到出版社去催问。目前没有别的办法。"（同上，四七四页）

在此期间巴金致信杜运燮，谈穆旦译稿事："他去年来信中讲起他这几年重译和校改了普希金、拜伦、学来的许多诗作，我知道他译诗是花了不少功夫的，我也希望它们能早日出版。我还相信将来这些译稿都会出版的，但是目前究竟怎样决定，我一时也打听不出来，不知道人文社管这一部分工作的人是谁，我也想找徐成时去问问。你说今年暑假打算去天津，帮助与良同志整理良铮的遗作，这是很好的事情。你说不认识出版界的人，我建议你必要时去信问问徐成时同志（他仍在新华社），他有朋友在人文社，我知道你过去和徐较熟。"（同上，四六八至四六九页）

关心穆旦译稿出版的巴金，他自己的问题"还没有彻底解决，只是有人来谈过，可以说是在动了"。（同上，四六九页）

二〇〇七年十二月三十一日

用最简单的语言写最单纯朴素的诗

　　二〇〇三年十二月八日《文汇报·笔会》有包立民先生文章，谈熊秉明《静夜思变调》。这首诗也是我所喜欢的，连同熊秉明《教中文》集中的小诗。

　　熊秉明喜欢小诗，李白的《静夜思》他称之为"不能再小的小诗"。什么是小诗呢？我猜测他的意思，应该是不仅篇幅短小，而且语言简单；不仅语言简单，而且诗质朴素。李白的《静夜思》是"少不了"的存在，一代又一代的很多小孩子开始说话不久就能背诵，这件事其实意义重大。《静夜思变调》十九首的序诗就说：

　　　　它在我们学母语的开始

　　　　在我们学步走向世界的开始

　　　　在所有的诗的开始

在童年预言未来成年的远行

在故乡预言未来远行人的归心

游子将通过童年预约的乡思

在月光里俯仰怅望

一个人和文化传统、和文学经典之间的紧密关系，已经包含在这样简单的事实里面了。这种关系是"开始"就在的，是不自觉的，就像在根本懂得什么是乡愁的时候就已经"预言"、"预约"了乡愁。

也许就是因为在巴黎教初级中文的关系，熊秉明特别能够体会简单的字句、简单的语法的奇异魔力，他说这似乎回到和母亲牙牙学语的童年，"咀嚼到语言源起的美妙"。这是一句很重要的话，可以加深对小诗简单朴素性质的理解：简单朴素的性质，原来跟"语言的源起"联系在一起。

所以他说，"我有意无意地尝试用最简单的语言写最单纯朴素的诗。我想做一个试验，就是观察一句平常的话语在怎样的情况下突然变成一句诗，就像一粒水珠如何在气温降到零度时突然化成一片六角的雪花。"

一个例子是《信》，只这么几行，几个字：

昨天母亲来信说

我好

你好吗

我给母亲回信

我好

您好吗

　　这是一九六八年前后，熊秉明的父亲挨斗，母亲搀扶着父亲去参加斗争大会。父母和儿子之间通信稀少，内容也缩短缩简，几近诗中的"公式"。"有一天夜里，我睡在床上，忽然这几句话凝成巨大的图形，像冰山，立在极地的地平线上，冻结在胸口，使我无法再静卧，于是披衣起来，把它们记在一张纸条上。""第二天，自己也怔住了，好像看见一片小小的雪花。"

　　在动辄就是杀身之祸的年代，"儿子所盼望知道的是母亲还活着，在世界的那一边。母亲所要知道的也就是儿子还活着，在世界的这一边。我能禀告母亲的是：我好，我还活着；母亲能安慰我的也是：她好，她还活着。其他的一切，生活的情趣、身边的苦乐、大小的欲愿……都没有意义，都是奢望，都成虚妄。"——"剩下的只有生死的相问。"

　　最简单的信息，正是最重大的信息。

　　《信》这首诗因为写在特殊的时代也就有了特殊的性质，上面的解释突出了这种时代的特殊性。不过，如果我们对这首诗的写作背景一无所知，单看字面，肯耐心咀嚼简单语言之美妙的话，仍然能够自己体会出言外之意来。这首小诗的巨大空白，既然作者能够放得进一个民族史无前例的时代，读者也就能够放得进其他的、他个人所体会的人间常情。

教中文要从简单的字词句教起，熊秉明的小诗就以这些为题材，甚至他给诗取的题目也是，如《写字》、《背诗》、《趋向补语》、《连词》、《语气助词》等。有一首题为《的》：

翻出来一件
隔着冬雾的
隔着雪原的
隔着山隔着海的
隔着十万里路的
别离了四分之一世纪的
母亲亲手
为孩子织的
沾着箱底的樟脑香
的
旧毛衣

这是因讲"的"字的用法而写出来的吧。这首诗讲的是隔离与连接，隔着巨大的空间和漫长的时间，可是一个又一个"的"像一个又一个挂钩，把隔离着的连接起来了。整首诗就是一个长句子，这个长句子靠"的"字一节一节、一层意思一层意思地连接下去，最后连接上的是"旧毛衣"，感情一下子就漫过了千山万水和茫茫的时间。

《黑板、粉笔、中国人》写的是日常的教书生活：

十年以前我站在黑板旁边

说了一遍又一遍

"这是黑板

这是粉笔

我是中国人"

九年以前我站在黑板旁边

说了一遍又一遍

"这是黑板

这是粉笔

我是中国人"

八年以前

七年以前

······

三年以前

······

昨天我站在黑板旁边

说了一遍又一遍

"这是黑板

这是粉笔

我是中国人"

我究竟还有多少中国人呢

我似乎一天一天地更不像中国人了

我似乎一天一天地更像中国人了

但有一件事是我确实知道的那是

我的头发一天一天

从黑板的颜色

变成粉笔的颜色

而且像粉笔一样渐渐

　　短了　断了

短成可笑的模样

请你告诉我

我究竟一天一天更像中国人呢

一天一天更不像中国人呢

"这是黑板

这是粉笔

我是中国人"

　　这样消耗着生命，竟然引起别人的不忍心。有一天一个学生很同情地问："您这么教着，不厌烦了么？"

　　"'不，——'我安慰她。"

"我安慰她"——"我"安慰那个同情"我"的人。这句话真好。

熊秉明说，似乎是为了证明"这是黑板，这是粉笔"也是美的，大有含意的，是文，是诗，他有意无意间写成了《教中文》这样的小诗集。

一句平常的话变成一句诗，一粒水珠结成一片雪花，还有，几粒小沙滚成珍珠，这究竟是怎么发生的呢？有一首《珍珠》：

> 我每天说中国话
>
> 每天说：
>
> 　这是黑板
>
> 　那是窗户
>
> 　这是书
>
> 如果舌头是唱片
>
> 大概螺纹早已磨平了
>
> 如果这几句话是几粒小沙
>
> 大概已经滚成珍珠了

我揣摩熊秉明朴素的小诗已经好几年了。简单的语言、文字，有什么奇异的魔力呢？我忽然感觉，我们其实不识字。我们中国人，念了很多书的中国人，其实对我们自己的语言、文字没有感情，没有感受到我们自己的语言、文字的魅力。我站在大学的讲台上，想着我们的教育，看着眼前的学生，听到自己说出来的字、词、句子，有时会突然沮丧起来。

二〇〇三年十二月八日

一个年轻艺术家的学习时代

——从《关于罗丹》看熊秉明

一

一九九三年，"罗丹艺术大展"先后在北京、上海举办，接连几个月展览场地里外都是人潮涌动。当年的参观者，如今回想起来，不仅能浮现出彼时的盛况，也还会依稀忆起不平静的心绪吧？不过，有谁还记得这样一个细节吗：入口处检票的地方，出售一本书，开本不大，页码不多，书名叫《关于罗丹——日记择抄》，北京三联书店出版，定价九块八。出版社印行这本书，和这次大展有什么关系？当时和现在我都不甚清楚，但实际情况是，这本书被不少人当成了罗丹艺术的地图、说明书、导读。这也真值得庆幸，有这么好的导引。

后来这本书有了几个版本，我常常翻阅的是文汇出版社一九九年《熊秉明文集》里的本子。《熊秉明文集》共四卷，《关于罗丹》是第一卷。再读《关于罗丹》，看的就不是罗丹如何，而是看这个看罗丹的人，一个年轻的艺术学徒，他的精神世界。

熊秉明是著名数学家熊庆来的儿子，我十几年前读浦江清清华园日记，摘录下一九二九年二月二十一日记童年熊秉明的一条："熊之二公子秉明，自南方来，携来其本乡拓本数十分赠戚友。熊公子方七岁，而言语活泼，且能作铅笔画，聪慧非常。"熊秉明一九四四年毕业于西南联大哲学系，一九四七年考取公费留法，在巴黎大学读了一年哲学以后，转习雕刻。《关于罗丹》是从一九四七年到一九五一年的日记中抄出的与学习雕刻有关的部分，作者打算做这一工作时曾想："至少这是一个中国艺术学生四十年代、五十年代在欧洲学习经过的记录，关心这时代海外中国知识分子精神面貌的人总会发生兴趣的。"最后誊清时，"觉得似乎在试写自传的一章"。(《前言》)

二

一九四七年十一月二十八日，因为借给费小姐的书被弄丢了，回忆起这本书——里尔克的《罗丹》——曾经陪伴的岁月，那是在中国，在抗战的军中：

一九四三年被征调做翻译官，一直在滇南边境上。军中生活相当枯索，周遭只见丛山峡谷，掩覆着密密厚厚的原始森林，觉得离文化遥远极了。有一天丕焯从昆明给我寄来了这本小书：梁宗岱译的里尔克的《罗丹》。那兴奋喜悦真是难以形容。大学二年级的时候曾读到里尔克的《给一个青年诗人的信》，冯至译，受到很大的启发，好像忽然睁开了新的眼睛来看世界。这回见到里尔克的名字，又见到罗丹的名字，还没有翻开，便已经十分激动了，像触了电似的。书很小很薄，纸是当年物资缺乏下所用的一种粗糙而发黄的土纸，印刷很差，字迹模糊不清，有时简直得猜着读，但是文字与内容使人猛然记起还有一个精神世界的存在，还有一个可以期待、可以向往的天地的存在。这之后，辗转调动于军部、师部、团部工作的时候，一直珍藏在箱箧里，近乎一个护符，好像有了它在，我的生命也就有了安全。

我现在能够徘徊在罗丹的雕像之间了，但是那一本讲述罗丹作品的印得寒伧可怜的小书——白天操练战术，演习震耳的迫击炮，晚上在昏暗的颤抖着的蜡烛光下读的小书——竟不能忘怀。

熊秉明揣摩罗丹作品，从中不断获得提示，这提示不仅是雕刻上，也是生活上的，时间久了，"他的作品混入我思想感情的曲折发展"，再要分离出来就不容易了。但在他的学习时代，我们还是可以看到清晰的痕迹，看到那是些什么样的"提示"，"混入"了个人的生命和艺术中。

一九四八年八月五日，他记下了这样一个问题："这是很奇怪的：罗丹在雕刻发展史上起了革新的作用，为现代雕刻开辟了道路，但是他的风格却是很古典的，和他同时代的绘画比起来，便显得古老。这是为什么呢?"譬如与罗丹同时代的莫内、塞尚，都很"现代"。"罗丹曾和莫内联合举行过展览，我想是不甚调和的。"熊秉明探究罗丹雕刻显得古典的原因，其中写道一点："他追求表现人生，而多传统沉郁的意境。里尔克说'这是一个老人'(《罗丹》)。当然在里尔克看到罗丹的时候，罗丹的确已经是个老人，但这句话不止是这意思。罗丹在年轻的时候，制作《青铜时代》、《影》、《行走的人》的时候，他已经聚集了欧洲多少世纪的思想、情感、梦幻，他的灵魂已经有了重负，他似乎有了菲底亚斯、米开朗基罗、但丁、林布兰的年龄的总和，已经是个'老人'了。"紧接着，他又写了一句:

现代风的雕刻家似乎要把这些都忘掉。

岂止是现代风的雕刻家，现代艺术的哪个门类，不都曾出现过要把过去都忘掉的潮流?文学创作上，也是如此。谁要做一个"老人"? 谁不想做一个"原创"的"新人"?

然而正是罗丹这样的聚集了他之前多少年代的思想、情感、梦幻的"老人"，才使得雕刻的传统另创新境，启示将来："他把雕刻揉成诗，为未来的雕刻家预备了自由表现的三维语言;他把《行走的人》省略了头，削减了双臂，这是后起的现代艺术家大胆扭曲人体，重塑人体，以及放弃人体的第一步。"(《后记》)

《行走的人》给熊秉明的震撼是持久的，"残破的躯体，然而每一局部都是壮实的、金属性的，肌肉在拉紧、鼓张，绝无屈服与妥协。"这个作品以其悲壮和浩瀚，可以看作是贝多芬第五交响曲的雕像，熊秉明甚至想到"天行健"！（一九五一年二月十日日记）

　　罗丹的人体雕刻，还有《夏娃》，是熊秉明到美术馆去常常看的，给他的震动也很大。一九四九年一月二十一日日记从朱自清的散文《女人》说起，谈到中国人的女人观念。朱自清文章赞美"处女"是"自然手里创造的艺术"，而"少妇，中年妇人，那些老太太们，为她们的年岁所侵蚀，已上了凋零与枯竭的路途。"熊秉明认为，这种把"女人"的定义和"青春"、"鲜美"的观念混淆起来的中国人的意识，在传统仕女画里表现得很充分。"工笔美人都一个类型，一个年纪。朱自清所说的'自然手里的艺术品'的'处女'，林妹妹型的，姣好的蛋儿脸，脸上决无一丝生活的纹路。这样的花容当然不可能连接着实实在在的身躯。"中国仕女画里的人物，只有衣服，衣服下面没有人体，"有这样的一种'无体'的女人观，如何欣赏西方裸体呢？"

　　《夏娃》则大大不同，"罗丹的《夏娃》，不但不是处女，而且不是少妇，身体不再丰圆，肌肉组织开始松弛，皮层组织开始老化，脂肪开始沉积，然而生命的倔强斗争展开悲壮的场面。在人的肉体上，看见明丽灿烂，看见广阔无穷，也看见苦涩惨淡，苍茫沉郁，看见生，也看见死，读出肉体的历史与神话，照见生命的底蕴和意义"。

　　在此之前，一九四八年十二月十七日的日记里，熊秉明写道：

"为什么爱一个多苦难近于厚实憨肥的躯体呢？罗丹的夏娃决不优美，有的人看来，或者已经老丑，背部大块的肌肉蜿蜒如蟒蛇，如老树根，我爱她的成熟，像爱一个母亲，更像爱一个有孕的妻子：多丰满厚实的母体，我愿在这个世间和她一同生活并且受苦。"

三

艺术上的感悟，不只是来自于艺术作品，更需要切身的生命经验的启迪。哪怕只是对于人体的认识。一九四九年十月十九日日记显然隐含着重要的个人经验。"拿出抽屉里的一叠明信片，忽然眼光落在罗丹的一幅《爱神和赛姬》上。那是一对卧着的赤裸男女拥抱的组像。我骤然像触了电似地懂得罗丹在这里所要表现的了。罗丹塑造过许多这样一对一对男体和女体相纠缠的小像，我以前竟然简直没有看见他们，看到时也完全漠然，全不懂得他们的意义。现在才发现这是人的肉体相吸引，相接触，相需要，相祈慕，相占有的种种相。他们在拥抱与媾合中灼烧、振荡、酣醉、绾纽成多样诡奇的难解的结。我怎么一直盲了眼睛看不见呢？"

若不是她，我不知道什么时候才会发现罗丹的这些组像？

这些组像好像给我和她的相遇以意义，以生命的滋味，以美的形式。……我同时也惊异地发现自己的躯体的存在，自己的广阔和沉重。

我惊骇地想：赞美裸体，能不同时赞美肉体的最基本诱惑吗？我同时也惊骇地想：没有这样的对于肉体的神秘经验，也能做雕塑吗？

在《爱神和赛姬》画片的背面写了一行字："你所使我发现的宇宙"，寄出去。

这种肉体经验所带来的"惊异"、"惊骇"的"骤然"的"发现"，让人想起比熊秉明早几年从西南联大毕业的穆旦在一九四七年所写的诗《发现》，其中有这样的句子："你拥抱我才突然凝结成肉体"。而对于一个学习雕刻的青年艺术家来说，人体更直接就是艺术的形式。

邓肯自传里写过和罗丹的相遇：她给他解释她对新舞蹈的理论，可是很快就察觉他并不在听，而是出神地注视着她，进而上前捏她的身体。"这时我的愿望就是把我的整个存在都交给他，如果不是荒谬的教育使我退后，披起衣裳，让他吃惊，我一定会带着欢喜真地做了。怎样的可惜啊！多少次我后悔这幼稚的无知使我失去一个机会把我的童贞献给潘神的化身——有力的罗丹！艺术和生命必定会因而丰富。"熊秉明在一九四九年十月二十四日的日记里抄了这段话，并且设想：如果蔡元培读到这一段，必定大惊失色。"蔡元培所说的'净化'是有的，但'净化'之后，生命并不变成无生命，情欲并不化为无欲。朱光潜曾谈'距离'，'距离'也是有的，但现实生活与艺术并非两相隔绝，全不相干。"

四

新中国成立前后，海外的年轻知识分子，面临着一个重大的选择。一九四九年十月三日，熊秉明到里昂车站送行，"寿观、道乾、文清三人启程同路东返"，"带着奉献的心，热烈的大希望。""我呢，目前最重要的是自己的充实，我的心情应当静下来。过几天就要开始下学年的工作，还想到纪蒙那里再做一段时期。"

实际上却是心情很难静下来。一九五〇年二月二十六日日记，"昨晚在大学城和冠中、熙民谈了一整夜。谈艺术创作和回国的问题，这无疑是我们目前最紧要的问题了。""当然我们也谈到离开本土能不能创作的问题。"

　　他们比我的归心切，我很懂得他们，何况他们都有了家室。我自己也感到学习该告一段落了。从纪蒙那里可学到的，我想已经得到，在穰尼俄那里本没有什么可学。查德金和我很远，摩尔也很远，甚至罗丹，在我也非里尔克所说的"是一切"……我将走自己的路去。我想起昆明凤翥街茶店里的马锅头的紫铜色面孔来；我想起母亲的面孔；那土地上各种各样的面孔，……那是属于我的造型世界的。我将带着怎样的恐惧和欢喜去面临他们！

　　分手的时候，已经早上七点钟。天仍昏暗，但已经有浅蓝的微光渗透在飞着雪霰的空际。地上坚硬的残雪吱吱地响。风很冷，很不友善地窜进雨衣里。在街上跑步，增加体温，乘地道车回来，一进屋子便拉上窗帘，倒头睡去。精神倦极，醒时已正午。

留下来是一种选择，留下来之后的艺术道路怎么走，又是重要的问题。此时的熊秉明越来越清晰地意识到了那"属于我的造型世界"，这不仅仅是艺术的选择，还是文化的选择，精神的选择，根本上，这是血液的选择。当这样的意识逐渐明确起来的时候，学徒的时代就将结束了。

这本以罗丹艺术为中心的日记，快到结尾的时候，有一处大篇幅地谈论梁代墓兽，看起来有些突兀，其实却是精神和艺术的探求已经走到了这个地方，理所必然。

一九五一年三月十六日，"和贝去周麟家，看到瑞典中国美术史家 Siren 的《中国雕刻史》，书中的汉代石兽和梁代石狮给我以极大的震动和启发。"沉重庞然的梁代石狮，张开大口向天，"这里储蓄着元气淋漓的生命力，同时又凝聚一个对存在疑惑不安的发问。那时代的宇宙观、恐惧、信仰、怅惘……都从这张大的口中吐出。生存的基本的呼喊，无边的无穷极的呼唤！"一千五百年之后，这狮吼还使我们欢喜、凄怆、憔悴、战栗。"在中国雕刻史上，这'天问'式的狂歌实在是奇异的一帜。这里不温柔敦厚，不虚寂淡泊，没有低眉的大慈大悲，也没有恐吓信男善女的怒目，这透彻的叫喊是一种抗议，顽强而不安，健康而悲切，是原始的哲学与神话。"

我想到罗丹的《浪子》，那一个跪着，直举双臂，仰天求祁的年轻的细瘦的男躯，那也是"天问"式的呼诉。但无疑，我更倾心于南朝陵墓的守护者，也许我属于那一片土地，从那一片土地涌现出来的呼唤的巨影更令我感到惊心动魄。

熊秉明回忆起一九四七年出国之前，在南京和父亲去看夭折的弟弟的坟墓，经过战乱流离，沧桑隔世之感尤为强烈。一片荒野穷村，满目凄凉。村旁立着一个类似于梁代石狮的巨大的石兽，"在怅惘恻恻的情绪中，这无声的长啸就仿佛在我自己的喉管里、血液里、心房里、肺腑丹田里。我是这石狮子，凝固而化石在苍茫的天地之间。这长啸是一个问题，这问题没有答案。"

这天晚上，熊秉明给朋友写信，其中说："你说艺术上的国际主义，我不完全否认。诚然，在埃及希腊雕刻之前，在罗丹、布尔代勒之前，我们不能不感动，但是见了汉代的石牛石马、北魏的佛、南朝的墓狮，我觉得灵魂受到另一种激荡，我的根究竟还在中国，那是我的故乡。"

二○○九年四月二十日

C 卷　"天知道这是一本什么书！"

沈从文早年的教书生活

沈从文早年的教书生活，指的一九二九年到一九三三年间，他在中国公学、武汉大学和青岛大学短暂任教的情形。

一

一九二八年初，沈从文从北平到上海，不久母亲和九妹也来同住。生计全靠他一人写稿，全年发表作品四十余篇，出书十余种，仍然入不敷出。为摆脱书店盘剥，也为了文学理想，他和胡也频、丁玲创办《红黑》、《人间》两个月刊，一九二九年一月问世；因不善经营，《人间》只出三期、《红黑》只出七期就停刊，三个年轻人的红黑出版处也倒闭。没赚到钱，反而背了一身债务。困窘时竟至于病床上的母亲也陷入挨饿情形。

为缓解沈从文的困境，一九二九年六月，徐志摩推荐他去吴淞中国公学任教。八月，校长胡适聘请他为国文系讲师。沈从文和胡适上一年因《新月》的关系结识，两人私谊很好；但胡适之所以破格聘请沈从文，不只是因为他和徐志摩、沈从文的私谊，也不只是因为他对沈从文个人创作的欣赏，胡适有他自己办学的思路。这一点在他日后的日记里可以看得很清楚，如一九三四年二月十四日日记：

> 偶捡北归路上所记纸片，有中公学生丘良任谈的中公学生近年常作文艺的人，……此风气皆是陆侃如、冯沅君、沈从文、白薇诸人所开。
>
> 北大国文系偏重考古，我在南方见侃如夫妇皆不看重学生试作文艺，始觉此风气之偏。从文在中公最受学生爱戴，久而不衰。
>
> 大学之中国文学系当兼顾到三方面：历史的；欣赏与批评的；创作的。

不过沈从文自己并不能够充分领受"受学生爱戴"的愉快，他那一时期的心绪一直恶劣不堪。大哥把母亲接回家乡，他在中公每月大概有一百七十元的薪水，按理说负担减轻不少，但还是常常钱不够花，在美国的朋友王际真不断寄钱接济他。他才二十七岁，已经跟朋友这样说话："际真，人老了没有用处，只有你可以懂我这个话。"还说，"我身体太坏了，一上学校，见学生太年青就不受用，打主意班上凡是标致学生全令其退课，则上课神清气爽矣。"

学生们喜欢这位先生，却不能了解这位先生的苦恼："学生天真烂漫的听我讲我的牢骚，这些有福气的人！他们仿佛都觉得我活得痛快，女人看到我有趣味似的玩，她们以为我是先生，懂许多事，理解一切，高兴时就创作一篇小说，平时也非常舒畅，她们大胆的在我面前走来走去，就似乎很放心以为我不会损害她们，也不怕我会爱她们。这些天保佑的愚蠢女子！"学生们不知道，"我单是为了怕见一个女人牺牲了两点钟不上课就回了家的。在昨天，晚上开系会，拍掌要我演说，她们笑，我却在回家车上哭，看出自己可怜。"

在沈从文的感受里，他和他的年青学生之间，似乎非常之"隔"。这年冬天他爱上了外文系二年级的张兆和，却长期得不到回应，更让他觉得自己不会被这些年轻人理解。他一面抱怨大学生不读书，一面又劝他们好好去玩。一时说，"大学生全是怪可怜的一种东西，买书都只看广告，把书买来一看，失败了，便说中国作家糟糕，且从此就不买书了。"另一时又讲起，"写信时来了五个学生，三男二女，问我怎么样写文章。我看了一会这些春天来发红的脸，告他们应当好好的玩，譬如恋爱，就去太阳下谈，去发现，试验，做一点荒唐事情，总仍然不相信样子，逼到我开书目一纸走去了。真是一批蠢东西，不晓得自己好处，只羡慕做文章，这糊涂欲望不知是从什么地方得来，男女皆中毒，奇怪极了。"

也许因为是给朋友的信，沈从文有些夸大了他对教书的厌烦。他是因为写作不足以支撑生活，不得已才教书，这是事实；但另一方面，他性格上极其认真，一旦做这件事，就会尽心尽力把事情做好。他上新文学研究和小说习作课程，每周四个钟点，看起来应该是很轻松的，实际上他花了很大的精力准备课程，编写讲义。他上的新文学课，第一个学期讲中国新诗，第二个学期讲现代小说，"新的功课是使我最头疼不过的，因为得耐耐烦烦去看中国的新兴文学的全部，作一总检查，且得提出许多熟人"。一个本来专事创作的人，因为教学的需要，同时成了一个批评家和研究者。他还在上海暨南大学兼了中国小说史的课，这对他是一个新的领域，他也认认真真去编讲义。他上习作课，用的方法最朴实，不是作家的人就没法模仿：他自己写一篇出来，当作示范。

沈从文在中公只有一年时间，学生当中，受到他各种形式帮助，现在仍然能够举出名字来的，就有何其芳、刘宇、李连萃、吴春晗（吴晗）、罗尔刚等。他的穷困，与此也有点关系。

一九三〇年五月，中国公学校董会同意胡适辞去校长一职。沈从文也打算辞职，他给胡适信里说："一年来在中公不致为人赶走，莫非先生原因"；沈从文不想再待下去，主要的原因，大概是他对张兆和单方面的恋爱无望结果，不如就此离开。八月正式辞去中公的教职。

多年后谈起中公时期，沈从文自然就平静了许多，也能够看得更清楚了："我在中公教书，有得有失。生活稍稳定，在崩溃中的体力维持住了。图书馆的杂书大量阅读，又扩大了知识领域。另一面为学生习作示范，我的作品在文字处理组织和现实问题的表现，也就严谨进步了些。《从文子集》、《甲集》、《虎雏》集中等等若干短篇，大多是在这个时候完成的。学习过程中有个比较成熟期，也是这个时候。写作一故事和思想意识有计划结合，从这时方起始。"（见一九五〇年十二月写的《总结·传记部分》）

二

胡适、徐志摩给时任武汉大学文学院院长的陈西滢写信，推荐沈从文前去任教。从陈西滢给胡适的信来看，这事颇为不易："从文事我早已提过几次，他们总以为他是一个创作家，看的书太少，恐怕教书教不好。……我极希望我们能聘从文，因为我们这里的中国文学的人，差不多个个都是考据家，个个都连语体文都不看的"。

好在最终还是成了，沈从文于一九三〇年九月十六日到达武昌。

沈从文教的课，与在中公差不多，还是新文学和习作，一周三小时，职称却只是助教。朋友中孙大雨也是新来任教，但孙大雨留美归来，是大教授。"因这卑微名分，到这官办学校，一切不合适也是自然的事。……学生即或欢迎我，学校大人物是把新的什么都看不起的。我到什么地方总有受恩的样子，所以很容易生气，多疑，见任何人我都想骂他咬他。我自己也只想打自己，痛殴自己。"

沈从文在信里跟胡适说："初到此地印象特坏，想不到中国内地如此吓人，街上是臭的，人是有病样子，各处有赃物如死鼠大便之类，各处是兵（又黑又瘦又脏），学校则如一团防局，看来一切皆非

169

常可怜。住处还是一同事让出，坏到比中公外边饭馆还不如，每天到学校去应当冒险经过一段有各样臭气的路，吃水在碗中少顷便成了黑色。到了这里，才知道中国是这样子可怕。"

还有更可怕的，住处不远就是杀人场，每天杀人。他告诉远在美国的王际真："这里每天杀年青人，十九岁，十七岁，都牵去杀，还有那么年纪女子中学生。"

时间倒是很多，到图书馆看书，"看得是关于金文一类书籍，因为在这方面我认得许多古文，想在将来做一本草字如何从篆籀变化的书。""在此承通伯先生待得极好，在校无事做，常到叔华家看画，自己则日往旧书店买字帖玩。"

写字，随手画画，是沈从文的习惯，心情很坏的中公时期和武大时期也没有废掉这习惯。"我是在小时就非常爱写字（可怜得很，我也只有机会成天写字！）如今是觉得明白了这不是自己相宜的一种娱乐，所以写也是歪字，从不求它好的。"这还是在吴淞中公的时候给朋友信里的话。

这个学期一结束，沈从文就回到了上海，遇到事情耽误了返校日期，他自己也不愿意再回去，索性就结束了和武大的这段并不愉快的关系。

当年在武大的朱东润，一九七六年写自传，其中有一段描述沈从文（一九七六年，沈从文这个名字还没"出土"呢）："值得记载的还有一位沈从文，青年作家，那时大约二十四五岁，小兵出身，但在写作上有些成就，武大请他担任写作教师。在写作技巧上，他是有锻炼的，但是上课的情况非常特别。第一天上课时，红涨了脸，话也说不出，只有在黑板上写上'请待我十分钟'。学生知道他是一位作家，也就照办了。十分钟时间过去了，可是沈从文还没有心定，因此又写'请再待五分钟'。五分钟过去了，沈从文开讲了，但是始终对着黑板说话，为学校教师开了前所未有的先例。不久以后他离开武大，到过山东大学，抗战的时候，在西南联大教书，是有些声望的。"

朱东润所描述的情境，通常讲沈从文的故事是出现在他在中公第一次上课的时候；没想到，他到武大，又重复了一次。

三

沈从文回上海过寒假，在一九三一年元旦这天，得到两个消息：父亲头年十一月在家乡病故；他的好友张采真在武汉被当局杀害。一月十七日，胡也频被捕，身上穿的还是沈从文的绒袍。沈从文在上海、南京之间来回奔走，多方营救未果。胡也频牺牲后，沈从文陪伴丁玲把遗孤送到湖南常德给丁玲母亲抚养。再回上海已经是四月。

八月，沈从文应聘任青岛大学国文系讲师，开设中国小说史和高级作文课程。本来，一年多前，青岛大学校长杨振声就曾邀沈从文前去任教，沈从文接受了路费，却未能成行，而去了武汉大学。

九月开学，十一月十三日致信徐志摩，托他为刚离开青岛到北平去的方令孺介绍工作，还说，"我这里留到一份礼物……等到你五十岁时，好好的印一本书，作为你五十大寿的礼仪。"二十一日和朋友们在杨振声家吃茶谈天，忽然接到北平急电，告知徐志摩十九日乘飞机撞死于济南附近。沈从文连夜赶往济南，"见其破碎遗骸，停于一小庙中"。

几个朋友接连的不测，反倒使沈从文硬朗起来。吴淞中公时期那种自我哀怜和感伤的情绪大大减弱；工作的氛围、同事的关系，也可以说不错；再加上"此地海水真极美"，对特别敏感于自然、善于从自然获得教育的沈从文来说，实在是难得的。

一九三二年暑假，沈从文做了两件人生中有转折意义的事：一是去苏州看望大学刚毕业的张兆和，此行使得本来无望的爱情忽然出现转机；二是用三个星期写了《从文自传》，通过追索自己生命的来历，三十岁的他完成了对自我的确认。找到和确认了自己之后，最能代表他个人特色的作品就呼之欲出了。

一九三三年五月四日，沈从文给胡适写信说："多久不给您写信，好像有些不好意思似的，因为我已经订了婚。人就是在中公读书那个张家女孩子，近来也在这边作点小事，两人每次谈到过去一些日子的事情时，总觉得应当感谢的是适之先生：'若不是那么一个校长，怎么会请到一个那么蹩脚的先生？'在这里生活倒很好，八月七月也许还得过北平，因为在这边学校教书，读书太少，我总觉得十分惭愧，恐怕对不起学生。只希望简简单单过一阵日子，好好的来读一些书。"

八月，沈从文辞去教职，应杨振声之邀到北平参加编辑中小学教科书工作。杨振声是头年九月青岛大学改名山东大学时辞去校长职务，到北平主持此项工作的。一同编书的还有朱自清、吴晗等。

　　沈从文早年的教书生活就此结束。六年之后，在昆明，沈从文又任教西南联大，那是另一段生活了。

二〇一〇年一月九日

"天知道这是一本什么书！"

——沈从文的一篇佚文和他的"骄傲"

一九三五年一月五日，小品文半月刊《人间世》第十九期出版。这一期是"一九三五年新年特大号"，其中以《一九三四年我所爱读的书籍》为题，刊登了征集来的各家回答。编者请求各家写出一到三本过去一年里爱读的书，无论古今中外。

老舍写的第一本书是《从文自传》。排在老舍后面的周作人，写出的三本书中也有《从文自传》。《从文自传》是一九三四年七月由上海第一出版社出版的，由老舍和周作人不约而同的推重，可以想见它受欢迎的程度。《人间世》所刊出的几十位各方名家的书单里，《从文自传》大概是惟一重复出现的。

有意思的是，同一页面上也有沈从文的书单和意见。北岳文艺出版社的《沈从文全集》以及网络上的"《沈从文全集》补遗"，都没有收录沈从文的这篇短文，所以这里把它全文抄录。题目是共同的题目，沈从文的名字之后，文字如下：

一《神巫之爱》

二《边城》

三《xxxxx》

第一本书我爱它，因为这是我自己写的。文章写得还聪明。作品中有我个人的幻想。四年前写来十分从容，现在要写也写不出来了。

第二本书我爱它，也因为这是我自己写的。文章写得还亲切。作品中有我个人的忧愁，就是为那个作品所提及的光景人物空气所浸透的忧愁。这作品是一九三三年写的。这一年很值得我纪念。我死了母亲，结了婚，写了这样一本书。

第三本书我爱它，因为这本书不是用文字写成的。文章写得又聪明又亲切。这作品使我灵魂轻举，人格放光。一部神的杰作。这作品虽不是我写的，但很显然的，我却被写进书里面去了。天知道这是一本什么书！

《边城》是一九三三年开始写，一九三四年写完，十月由上海生活书店出版的。也是在一九三四年，《湘行散记》里的一些篇章开始发表。这一年，对于沈从文来说，真是可以"骄傲"。

但他还说"我不骄傲"。这一年年初，他回乡看望母亲，在湘西的小船上校自己的作品，给新婚妻子写信说："细细的看，方知道原来我文章写得那么细。这些文章有些方面真是旁人不容易写到的。我真为我自己的能力着了惊。但倘若这认识并非过分的骄傲，我将说这能力并非什么天才，却是耐心。我把它写得比别人认真，因此也就比别人好些。我轻视天才，却愿意人明白我在写作方面是个如何用功的人。"在家乡的河流之上，他产生了一个想法："我想印个选集了，因为我看了一下自己的文章，说句公平话，我实在是比某些时下所谓作家高一筹的。我的工作行将超越一切而上。我的作品会比这些人的作品更传得久，播得远。我没有方法拒绝。我不骄傲，可是我的选集的印行，却可以使些读者对于我作品取精摘尤得到一个印象。"这是沈从文第一次提到印选集的想法，两年后，厚厚的《从文小说习作选》由上海良友图书印刷公司出版。

二〇〇七年六月十六日

野　话

　　野话，我们这些文明人把它叫成脏话，以示我们讲卫生；沈从文大概卫生程度不高，所以不叫脏话，叫野话。这一个"野"字，不仅见出这样的话本身的性质，而且带出了产生这样的话的生活形态。

　　这个"乡下人"，野性未脱，听到这样的话，自然不会像讲卫生的文明人那样把眉头皱起来，耳朵堵起来，反而兴致盎然地"学习"、"研究"上了。一九三四年初，他回湘西看望母亲，一路不停地写信给新婚妻子张兆和，报告沿途见闻。一次说到他雇的小船上的水手，说："说到水手，真有话说了。三个水手有两个每说一句话中必有个野话字眼儿在前面或后面，我一天来已跟他们学会三十句野话。他们说野话同使用符号一样，前后皆很讲究。倘若不用，那么所说正文也就模糊不清了。我很希奇，不明白他们从什么地方学来这种野话。"又说，"船又开了，为了开船，这船上舵手同水手谈论天气，我试计算计算，十九句话中就说了十七个坏字眼儿。仿佛一世的怨愤，皆得从这些野话上发泄，方不至于生病似的。"（《湘行书简·水手们》）

一个小水手，还是个孩子，过险滩时下篙不稳，被篙弹到水里去。被从水里拉上来时，一面哭，一面骂野话。问问那个滩叫什么名，原来就叫"骂娘滩"。（《湘行书简·滩上挣扎》）

"船上骂野话不作兴生气，这很有意思。并且他们那么天真烂漫的骂，也无什么猥亵处，真是古怪的事。"（《湘行书简·过梢子铺长潭》）

"他们说话就永远得用个粗野字眼儿，遇要紧事情时，还得在每句话前后皆用野话相衬，事情方做得顺手。这种字眼儿的运用，父子中间也免不了。你不要以为这就是野人。他们骂野话，可不做野事。人正派得很！船上规矩严，忌讳多。在船上客人夫妇间若撒了野，还得买肉酬神。水手们若想上岸撒野，也得在拢岸后的。他们过得是节欲生活，真可以说是庄严得很！"（《湘行书简·忆麻阳船》）

父子间也不免的情形，鲁迅也写到过，是在《论"他妈的！"》结尾："我曾在家乡看见乡农父子一同午饭，儿子指一碗菜向他父亲说：'这不坏，妈的你尝尝看！'那父亲回答道：'我不要吃。妈的你吃去罢！'则简直已经醇化为现在时行的'我的亲爱的'的意思了。"

再回来看湘西的野话。在由回乡路上的书信脱胎而出的《湘行散记》里，沈从文写了"一个戴水獭皮帽子的朋友"，行伍出身，有雅兴玩字画，也有俗趣说野话，而且雅兴俗趣揉合到了一块儿。他陪沈从文从武陵到桃源，看路上风景，带点儿惊讶嚷道：

"这野杂种的景致，简直是画！"

"自然是画！可是是谁的画？"

他笑了。"沈石田这狗肏的，强盗一样好大胆的手笔！"

沈石田就是明四家之一的沈周。他见沈从文不赞同，就又说：

"看，牯子老弟你看，这点山头，这点树，那一片林梢，那一抹轻雾，真只有王麓台那野狗干的画得出！"

二〇〇四年三月十一日

沈从文与音乐

　　且不说沈从文没有受过音乐训练，就是泛泛的音乐常识，怕也说不出多少来，稍懂一二的人要见笑的吧。可是，黄永玉说，他的这位表叔"虽然是个不懂乐理的人，但他精通莫扎特和海顿的妙奥"。沈从文和音乐的关系极为深切，不是爱音乐、弄音乐就会有这种深切感的，音乐对于他，不是我们一般所说的欣赏对象，而是直接化为了他生命中的力量，甚至常常是当他的精神处于困顿、出现危机时能够给他以救助的力量。就凭他每每几乎是本能地向音乐求救这一点，就足以说明"深切"是如何之"深"，如何之"切"了。

　　四十年代在昆明写作《绿魇》、《烛虚》、《潜渊》诸篇什时，是沈从文陷入对生命的抽象思考和具体感受之间的泥淖里苦苦挣扎、难以自拔的日子。茫然、疲倦，想抓住什么却什么也抓不到，头脑里的思索止不住，仿佛正朝疯狂奔去。这时沈从文一遍又一遍地想起音乐，在《绿魇》第三部分"灰"里，三次谈到音乐。每一次几乎都是祈求。"给我一点点最好的音乐，肖邦或莫扎特，只要给我一点点，就已够了。我要休息在这个乐曲作成的情境中，不过一会儿，再让它带回到人间来……来寻觅，来探索，来从这个那个剪取可望重新生长的种芽。……"后来，他又对温柔体贴的主妇说："我需要一点音乐，来洗洗我这个脑子，也休息休息它。普通人用脚走路，我用的是脑子。我觉得很累。音乐不仅能恢复我的精力，还可以缚住我的幻想，比家庭中的你和孩子重要！"文章最后，又说，"音乐对于我的效果，或者正是不让我的心在生活上凝固，却容许在一组声音上，保留我被捉住以前的自由！"

一九四九年在北平，于新旧转换的大局中，沈从文一段时间内精神失常。奇异的是，在恢复的过程中，音乐又一次显示出它在沈从文生命中的疗救力量。《从文家书》收一九四九年九月二十日沈从文给张兆和的信，可以看作是沈从文对这一"非常时期"的自我总结，信开头就说："你和巴金昨天说的话，在这时（半夜里）从一片音乐声中重新浸到我生命里，它起了作用。……我温习到十六年来我们的过去，以及这半年中的自毁，与由疯狂失常得来的一切，忽然像醒了的人一样，也正是我一再向你预许的一样，在把一只大而且旧的船作调头努力，扭过来了。音乐帮助了我。说这个，也只有你明白而且相信的！"又说，"十余年来我即和你提到音乐对我施行的教育极离奇，你明白，你理解。"

这样一种"极离奇"的深切关系，显然不是靠通常的修习就能建立起来的，也不可以用缘分之类的说法敷衍过去。越是深切的关系，往往越难以用文字来条分缕析。然而理解的通道仍在。如果说还有一样东西也占据了如音乐般重要的意义，也和沈从文的生命建立了一种"极离奇"的深切关系，那就是水。读过《湘行散记》和《湘行书简》的人，自然感受得到水对于沈从文意味着什么。几乎可以说，水成就了大半个沈从文，如果没有水，就真没有沈从文了。水是自然的，在沈从文那里，它也是人文的。而在沈从文的生命里，音乐如水，是人文的，也是自然的。音乐和水的"同质性"，是靠生命的吸纳和感悟来证明的。如果能够理解水与沈从文的关系，音乐与沈从文的关系也大致可以理解。一九五六年十月十三日，沈从文在济南广智院早晨起来听到钢琴声，他在当天给张兆和的信中写道："琴声越来越急促，我慢慢的和一九三三年冬天坐了小船到辰河中游时一样，感染到一种不可言说的气氛，或一种别的什么东西。生命似乎在澄清。"几乎不用说，"澄清"既是水对于生命的作用，也是音乐对于生命的作用。

《绿魇》里，人与自然完全趋于谐和被当作境界的最高等级，"在谐和中又若还具有一分突出自然的明悟，必需稍次一个等级，才能和音乐所煽起的情绪相邻，再次一个等级，才能和诗歌所传递的感觉相邻。"《烛虚》里又说，"表现一抽象美丽印象，文字不如绘画，绘画不如数学，数学似乎又不如音乐。"这些话听起来并不新鲜，许多人都会说，正因为如此，许多时候我们听到的只是空话，而沈从文说的是他生命中的事情。

还是在一九四九年九月二十日致张兆和的信中，沈从文说到"十分离奇情形"，即真理、明智和善意的语言、压迫和冷漠，都不能完全征服自己，"可是真正弱点是一和好音乐对面，我即得完全投降认输。它是唯一用过程来说教，而不以是非说教的改造人的工程师。一到音乐中，我就十分善良，完全和孩子们一样，整个变了。我似乎是从无数回无数种音乐中支持了自己，改造了自己，而又在当前从一个长长乐曲中新生了的。"

一九九七年八月十六日

沈从文在革命大学

一

一九五〇年三月二日，沈从文被安排到北京拈花寺的华北大学进行政治学习，为四部五班学员；不久随建制转入华北人民革命大学，为政治研究院第二期学员。除了周末回到北京大学中老胡同的宿舍，沈从文在这里呆了十个月，直到这一年的十二月毕业，从校长刘澜涛手里接过毕业证书。

上革命大学的目的是改造思想，消除旧时代的影响，培养对新政权的认同感，尽快融入到新社会中去。学习的形式主要是听报告，学文件，讨论，座谈，对照个人情况进行检查，反省，还要群众通过。沈从文在历史博物馆的同事史树青也在革大（但不在同一部）学习过，他回忆说："记得那时几千人听艾思奇做报告，场面很大，有的

人表态时痛哭流涕，有少数人不能毕业，后来都逮捕了。"（见陈徒手《人有病　天知否》，十五页，人民文学出版社，二○○○年）

沈从文在三月二十三日的日记里谈到写时事学习总结："如何写法？以后每次学习都作一回总结，联系自己思想，写出来。可提高一步。自己不成，还要经过群众检讨通过。"后来他在第一阶段《时事学习总结》里坦白地写道："三月六号开始学习文件，二星期中一共学习了六个。照情形说来，我从文件学习，得到的真正知识并不多。"

八月，在给朋友萧离的信中，沈从文说到自己的情形："在革大学习半年，由于政治水平过低，和老少同学比，事事都显得十分落后，理论测验在丙丁之间，且不会扭秧歌，又不会唱歌，也不能在下棋、玩牌、跳舞等等群的生活上走走群众路线，打成一片。"政治学习和娱乐活动都让他产生格格不入之感，"学习既大部分时间都用到空谈上，所以学实践，别的事既作不了，也无可作，我就只有打扫打扫茅房尿池"，这样"也比在此每天由早五时到下十时一部分抽象讨论有意义得多"。

九月，在给黄永玉夫人张梅溪的信中，沈从文说到同样的情况和感受："我快毕业了，考试测验在丙丁之间，我自评是对于政治问题答案低能。其实学习倒挺认真的。……对于知识分子的好空谈，浪费生命于玩牌、唱戏、下棋、跳舞的方式，我总感觉到格格不入。三十年都格格不入，在这个学校里半年，自然更不会把这些学好。如思想改造是和这些同时的，自然也办不好。但是在这里，如想走群众路线，倒似乎会玩两手好些。常说点普通笑话也好些。会讲演说话也好些。我政治理论答案分数不高，这些又不当行，所以不成功。有关联系群众，将来定等级分数时，大致也是丙丁。这倒蛮有意思。"

说到"走群众路线"的文娱活动，有一件事可讲：刚进学校的时候，就有一个"思想前进"的组长，要用民主方式强迫扭秧歌。沈从文私下感慨道："我并不消极堕落。只是当真有一点老了，想学廿来岁少壮扭秧歌的身段活泼（看到这种活泼是很尊重的），大致是无可望了。"

沈从文对这种思想改造和政治学习的意见，并不仅仅是在私底下流露。六月十二日《光明日报》发表了沈从文的《我的感想——我的检讨》，这是一九四九年后他第一次发表文章，其中说道："如有人问我，到革大学了些什么？我应当说，由于本人政治水平不高，进步实看不出。"不过他还是说，"学明白人在群体生活中方能健康"，而自己"过去工作脱离人民，有错误，待从学习中改正，方宜重新用笔"。

到毕业前写总结，在谈到"入华大入革大前后种种"时，沈从文言辞一点也不加掩饰，逐项"批评"和"检讨"种种学习方式：一、"初到华大，听一领导同志火气极大的训话，倒只为他着急。因为不像是在处理国家大事。只感觉国家一定还有困难，不然怎么会这么来领导新教育？除了共产党，从各方面工作，爱这个国家的人还多！即不是党员，牺牲了自己来爱党的也还有人！这种演讲要的是什么效果？华大如真那么办下去，那么领导下去，照我理解，对国家为无益。"二、理论测验，"那么出问题回答的反复测验，慢慢的，把一点从沉默中体会时变，有自主性、生长性，来组织文字写点小说的长处，在这种过程中逐渐耗蚀了。有时还不免着急，到后就无所谓，工作既无益于人民，长处恰是短处，结束也蛮好。"三、"学校布置下来的改造思想方式，一部分是坐下来进行谈话。对于这种集体学习生活，所需要的长处，我极端缺少。相互帮忙，我作得特别不够。学下去，也不会忽然转好的。而且学下去只是增加沉默，越加不想说话的。越学越空虚，越无话可说了。"四、"对批评和自我批评"，"还不理解胡乱批评人，对于那个人有什么帮助，弄错了会有什么恶果。自我批评呢？还学不好。"五、理论学习要联系个人，但每个人接受过程不同，业务实践不同，"单独的来作普遍反复谈论，我还学不好。"六、"对上大课和理论认识，个人感觉到时间太多。"七、"对同学关系"，"在不经意不自觉的情形中，把自己完全封锁隔绝于一般言笑以外。"

"越学越空虚"、"把自己完全封锁隔绝于一般言笑以外"，是怎么一种情景呢？他给老友程应镠的信里有这样的描述：

"我现在坐在西苑旧军营一座灰楼房墙下，面前二丈是一个球场，中有玩球的约三十人，正大声呼喊，加油鼓掌。天已接近黄昏，天云如焚如烧，十分美观。我如同浮在这种笑语呼声中，一切如三十年前在军营中光景。生命封锁在躯壳里，一切隔离着，生命的火在沉默里燃烧，慢慢熄灭。搁下笔来快有两年了，在手中已完全失去意义。国家新生，个人如此萎悴，很离奇。"

二

沈从文在革大，觉得有意义的事只有两件：一是打扫茅房，从具体实践中学习为人民服务；二是到厨房里去坐坐，帮帮忙，或拉几句家常。他说，在这里，"唯一感到爱和友谊，相契于无言，倒是大厨房中八位炊事员，终日忙个不息，极少说话，那种实事求是素朴工作态度，使人爱敬。"他从他们身上感受到的"临事庄肃"、"为而不有"，在整日抽象、教条地空谈环境中，成为他唯一觉得亲切的东西。

九月六日日记中写道："还是和大厨房几个大师傅真像朋友，因从他们谈的家常，可以学许多，理解许多，比听闲话和冗长抽象讨论有意义得多，也有价值得多。老同志似乎寂寞得很，昨早天未明即见他蹲在煤边敲煤，晚上去倒水，又见他独自靠在饭厅外木撑架边。几个年青的都上学去了，还未回来。问他'怎么不休息？'说'还不想睡。'每天吃烟半包，每包值八百……所说的话和神气行动印象结合，极使人感动。"

这位很寂寞的老同志，让沈从文产生了恢复用笔的冲动，他尝试写小说《老同志》，不成功。虽然不成功，老同志其人和小说《老同志》，却仍然在他心里盘留了很长时间。

一九五一年十一月，已经身在四川内江参加土改的沈从文给妻子张兆和写信说，如果回来方便，要为老同志带张竹椅。"我许过愿心，要为他写个短篇的。一写保还生动，因我看了他十个月，且每天

188

都和他在一块蹲蹲或站站的。他的速写相在大厨房和斯大林画同列在墙上，合式得很。素朴的伟大，性格很动人的。但是也正是中国农民最常见的。"过了几天，居然写成了，五千多字。这是《老同志》的第三稿。"完成后看看，我哭了。我头脑和手中笔居然还得用。"其时沈从文的心脏和血压都有问题，写作觉得很吃重。"写到这些时，自己也成了那个胖的掌锅，也成了瘦的炊事员，特别是那只花猫，也尽在脑中跳来跳去。那么写不是个办法，写下去，神经当不住。觉得极累，身心脆弱之至。有一点儿喜悦，即为老同志当真画了一个相，相当真实，明确，只是太细，笔太细……还得重新来写一回。"

到一九五二年一月十四日，《老同志》已经改写到第七稿。

一九五二年五月，《老同志》第三稿投给某刊物，后被退。八月，沈从文又将第三稿寄给丁玲，后被寄还。

我们现在可以从《沈从文全集·集外文存》读到《老同志》的第七稿，从这一稿看，这篇前后历时近两年的小说，写得并不好。不过，从中还是能够看到当时的政治和生活氛围。譬如，小说的一开篇，就叙述教育长开学典礼的致辞："……各位是来学习马列主义改造思想的，这很好。学习马列也容易，也困难，即学习方法对或不对。第一应当明确，即联系实际的能力。这种知识的获得，并不以这个人的读书知识多少为准。大知识分子是并无什么用处的。……"这个"致辞"，与沈从文在毕业总结里特意提出的"一领导同志火气极大的训话"，是不是一回事呢？即使不是，也还透露出了一些基本信息。

三

从一九四九年的"精神失常"中恢复过来，没过几个月就进入革命大学改造思想，沈从文当然明白自己正处在生命的一个大转折过程中。他回顾此前的人生，总结出自己的存在方式：把苦痛挣扎转化为悲悯的爱。"一生受社会或个人任何种糟蹋挫折，都经过一种挣扎苦痛过程，反报之以爱。《边城》和《湘行散记》，及大部分写农村若干短篇，如《丈夫》、《三三》都如此完成。所谓生动背后，实在都有个个人孤寂和苦痛转化的记号。……工作全部清算，还是一种生活上的凡事逆来顺受，而经过一段时日，通过自己的痛苦，通过自己的笔，转而报之以爱。""现在又轮到我一个转折点，要努力把身受的一切，转化为对时代的爱。"

在沈从文的生命中，怎么能够形成这样一种对待和转化痛苦的方式呢？早年看了不计其数的杀人，甚至看到一个十二岁小伙子挑着父母的头颅，"因这印象而发展，影响到我一生用笔，对人生的悲悯，强者欺弱者的悲悯，因之笔下充满了对人的爱，和对自然的爱。""这种悲悯的爱和一点喜欢读《旧约》的关联，'牺牲一己，成全一切，'因之成为我意识形态一部分。"他还说到《史记》，"这个书对我帮助极多，和一部《旧约》结合，使我进了一步，把他那点不平完全转化而成为一种对于人生的爱"。

在革大，沈从文"如彼如此重新来学习，学用更大的克制，更大的爱，来回答一个社会抽象的原则了。这也就是时代，是历史。"

八月八日这一天，沈从文在家里，天下了雨，他细致地看了院子里的向日葵、天冬草、茑萝、薄荷叶、无花果。天空如汝窑淡青，他一个一个房间走去，看着各样家具。"从这些大小家具还可重现一些消失于过去时间里的笑语，有色有香的生命。也还能重现一些天真稚气的梦，这种种，在一个普通生命中，都是不可少的，能够增加一个人生存的意义，肯定一个人的存在，也能够帮助个人承受迎面而来的种种不幸。可是这时节这一些东东西西，对于我竟如同毫不相干。"

书架上一个豆彩碗，让他想了许多。"十五前从后门得来时，由于造形美秀和着色温雅，充分反映中国工艺传统的女性美，成熟，完整，稚弱中见健康。有制器绘彩者一种被压抑受转化的无比柔情，也有我由此种种认识和对于生命感触所发生的无比热爱。"这么一个小碗，战争中到昆明过了八年，又过苏州住了三年，又由苏州转到北京这个书架上，"依然是充满了制器彩绘者无比柔情，一种被转化的爱，依然是使我从这个意义到生命彼此的相关性，如此复杂又如此不可解的离奇。"——"重新看到墙上唯一的圣母和被钉的耶稣。痛苦和柔情如此调和又如此矛盾。极离奇。可怜悯的是被钉的一位还是钉人的一群？"——他想到自己的创作，也就是将生命中的力量、痛苦和柔情转化为文字，如同千百年前的制瓷绘画工人把柔情、热爱、受压抑的生命转移到一个小碗上一样；可是，有谁能够懂得一个小碗所蕴藏的丰富信息呢？"除少数又少数人能够从那个造形那种敷彩方式上，发现到这个问题，抽象提一提，大多数人却在完全无知中，把碗用来用去，终于却在小不经意中又忽然摔碎。"

九月十一日，一家人过了个"家庭联欢小会"，十七年来第一次在小馆叫了两盘菜。原来是纪念十七年前沈从文和张兆和结婚。这可能是一九五〇年这一年沈从文难得的快乐时光。

这一年可记的也许还有——

三月廿七日在华大，早起散步，"天边一星子，极感动"。

秋天，给时在上海任中学校长的程应镠写信，说："到你将来负责较大，能在立法上建议时，提一提莫作践疯人，就很好了。这是很凄惨的。我看过，我懂得，相当不合需要。"

二〇〇五年八月二十三日

沈从文的一九五一年

一、"因为明白生命的隔绝，理解之无可望"

一九五〇年十二月，沈从文从华北人民革命大学毕业。临毕业，学员多重新分配工作，有的人就填写自愿。"我因为经过内外变故太大，新社会要求又不明白，自己还能作什么也不明白，所以转问小组长，请转询上级"。"过不久，小组长约我谈话，告我上级还是希望我回到作家队伍中搞创作。这事大致也是那边事先即考虑过的。因为较早一些时候，就有好几位当时在马列学院学习的作家来看过我，多是过去不熟的，鼓励我再学习，再写作。"

可是，沈从文表示，希望回到历史博物馆。因为对重新写作，"我自己丧了气。头脑经常还在混乱痛苦中，恐怕出差错。也对'做作家'少妄想。且极端缺少新社会生活经验。曾试写了个《炊事员》，也无法完成。"（《我为什么始终不离开历史博物馆》）沈从文是在一九四九年八月人事关系由北京大学转到历史博物馆的，那时他的"精神失常"还未康复。到馆工作不久，就被送到革大学习。学习结束，他又回到了博物馆，名分是设计员，做研究。

一九五一年一月，沈从文参加了原始社会展览讲解词的编写。对于他来说，这可是个完全生疏的工作，但也只好硬着头皮，一边学习一边写作，一边向观众讲解一边自己修改，总算完成了任务。紧跟着又有新的任务，用历史唯物论观点写一本《从猿到人》的通俗读物，他也用几个月写完了，后来却未见出版。

四月到五月，举办"敦煌文物展"，他从布置陈列、起草说明、撰写展品特刊中的评介文字，到在陈列室做说明员，事事忙忙碌碌。"几天来为敦煌展作说明，下得楼来，头晕晕的，看一切人都似乎照旧，钓鱼的钓鱼，打闹的打闹，毁人的毁人，很觉悲悯。""头昏"的字眼在此期的日记中经常出现，"头昏沉之至，可悲。""人在什么时候才可望用友爱来代替摧残作践？……头昏昏。"（《历史博物馆日记片断》）

说到为观众做说明员，后来有不少人以此而为沈从文不平；但就当时情形看，这有可能是他在博物馆上班时感到最为放松、活跃、有意义的时候。这一年，他断断续续用四个月的时间给一个青年记者写了一封长信，即一九九二年以《凡事从理解和爱出发》为题编入《沈从文别集·边城集》的那封，信中说到他在博物馆的情形："我在这里每天上班下班，从早七时到下六时共十一个小时。以公务员而言，只是个越来越平庸的公务员，别的事情通说不上的。生活可怕的平板，不足念。""在博物馆二年，每天虽和一些人同在一处，其实许多同事就不相熟。自以为熟悉我的，必然是极不理解我的。一听到大家说笑时，我似乎和梦里一样。生命浮在这类不相干笑语中，越说越远。"可是，在陈列室中，和一群群陌生观众一同看文物时，情形就有些不同。他在这封长信里非常细致地描述了他遇到的各种各样的观众，凡事感到惊讶的学戏曲的女孩子，乡村干部，城市中长大的大学生，给外宾做翻译的女联络员，老大娘，壮壮实实的军官，美术学校的学生和老师，听完讲解派了个代表来鞠一躬的学生群……在"生命极端枯寂痛苦"的时期，"这些人的印象和文化史许许多多的重要业绩，都一例成为我生命中不可少的润泽。很离奇，即我的存在，却只是那么一种综合。一种如此相互渗透而又全然不相干的陌生事物。"

"也有先听听不下去，到后来人也谦虚了许多，特别是学美术和文化的，临了不免请教贵姓一番。或告，或不告，大家还是相互谢谢，很好。他们想不到我对他们谢谢的理由。想不到他们从不着急的事，我永远在为他们学得不够，不深，不广而着急，为他们工作搞不好展不开而着急！谢谢他们肯多看看学学！"但这些话，却只能在自己心里说，口中能说出的，只是"谢谢"而已。

沈从文心里郁积了多少要说的话呢？没有人要听他说话，没有人明白为什么他要那么耐心、细致、庄重地去做说明员。他只能在心里想象有一个或一群听他说话的年青人，能够懂得他的心声："你年青人，我就为了你，为了你们，我活下来了。……我就为你们之中还有可能从我工作中，理解我是你们的朋友，你们的熟人，就在一切想像不到的困难中，永远沉默支持下来了。在一切痛苦和寂寞中支持下来了。只为了你们的存在、生长，而我们的生命相互照耀接触，因之对人生都更肯定，我十分单纯的把一切接受下来了。……只因为你们的存在，在世界中永远有你们的存在，有你们从得失中得来的欢乐或痛苦，有你们在不幸中或其他情形中，还会于不经意时和我一生努力的理想及工作热情，一例消失于风雨不幸中。也为了你们由于生命的青春无知，必然会有各式各样的错误，以及为本质本性上的弱点，而作成毁人不利己的结局。我还为了手中一支笔，有可能再来用到你们生命的形式发展上，保留下你们的种种，给后一代见到。我很沉重也很自然的活下来了。"

一天工作结束，已是暮色苍茫。"关门时，照例还有些人想多停留停留，到把这些人送走后，独自站在午门城头上，看看暮色四合的北京城风景，百万户人家房屋栉比，房屋下种种存在，种种发展与变化，听到远处无线电播送器的杂乱歌声，和近在眼前太庙松柏林中一声勾里格磔的黄鹂，明白我生命实完全的单独。就此也学习一大课历史，一个平凡的人在不平凡时代中的历史。很有意义。因为明白生命的隔绝，理解之无可望，那么就用这个学习理解'自己之不可理解'，也正是一种理解。"

他的心境，莽莽苍苍中，特别"明白"，或者也可以说，特别"不明白"。

二、"时代十分活泼，文坛实在太呆板！"

沈从文除了在博物馆上班，春季开学后，还在辅仁大学兼课，每周两个学时，教散文习作。这个兼课，也只不过是离开北京大学后所保留的"尾巴"而已，沈从文的课堂可谓冷落，"一星期二小时课，五个学生只二三同学还对学习有点点兴趣。"

仍然有人劝他写小说，他感慨道："你说人民需要我写小说，我已不知谁是要我再用笔的人民？两余年来，凡是旧日朋友通隔绝了。凡事都十分生疏。"

虽然他没有作品发表，与新时代的文坛"无关"，但新时代的文学创作上的"问题"还是会牵扯到他。他也许不知道，一九五一年五月十日，丁玲在中央文学研究所作"如何迎接新的学习"的报告，批评《我们夫妇之间》、《烟的故事》等作品时说道："坏的是穿工农的衣服，卖小资产阶级的东西。《烟的故事》简直是沈从文的趣味，味道是不好闻的。"老朋友顺口捎带了一句，可谓举重若轻。

这一年九月，王瑶《中国新文学史稿》上册由开明书店出版，对沈从文的小说大致做了这样的评价：他写军队生活的作品，"写的也多是以趣味为中心的日常琐屑，并未深刻地写出了兵士生活的情形"；他以湘西为背景的作品，"着重在故事的传奇性来完成一种风格，于是那故事便加入了许多悬想的野蛮性，而且也脱离了它的社会性质"；"后来这种题材写穷了，就根据想像组织童话及旧传说了，"

"奇异哀艳而毫无社会意义"；他写小市民，"不缺乏多量的恋爱故事"，写底层人物，"都是只有一个轮廓"。总之，"观察体验不到而仅凭想像构造故事，虽然产量极多，而空虚浮泛之病是难免的。"一九五三年八月《中国新文学史稿》下册由上海新文艺出版社出版，在《新的人民文艺的成长》那一章叙述"思想斗争"部分时，引用了一九四八年《大众文艺丛刊》上发表的郭沫若的《斥反动文艺》、荃麟执笔的《对于当前文艺运动的意见》等文对沈从文的批判。王瑶在这部著作的自序中说，他编著这部教材的"依据和方向"，是教育部召集的全国高等教育会议通过的"高等学校文法两学院各系课程草案"对"中国新文学史"这门课程的规定和内容说明。也就是说，这部教材对作家的评判并不完全出自作者个人，这种评判的"权威性"和力量当然也不只是个人的。

沈从文什么时候读到王瑶《中国新文学史稿》对他的评价，不能确切地肯定；但这样的评价令他长时间不能释怀，从他后来多次提到可以感知。一九五七年"鸣放"期间，北大新闻系一个学生采访沈从文，被沈从文拒绝；沈从文写信给北大的朋友，说："昨天有个北大新闻系学生来访问我，介绍信十分离奇，一信中计有三个不相干的名字，除我外还有陈慎言和小翠花，给我一种痛苦的压力。这个介绍信真是不伦不类，……如果真是新闻系开来的，也证明新闻系办得有问题，大致学生只看王瑶教授《现代文学史》，习于相信一种混合谎言和诽谤的批评，而并未看过我的作品。"一九六一年七月，张兆和给时在青岛的沈从文写信，说到他缩手缩脚写不出东西的情形，有这样的话："当初为寻求个人出路，你大量流着鼻血还日夜写作，如今党那样关心创作，给作家各方面的帮助鼓励，安排创作条件，你能写而不写，老是为王瑶这样的批评家而嘀咕不完，我觉得你是对自己没有正确的估计。至少创作上已信心不大，因此举足彷徨无所适从。"

文坛之外的沈从文还是关注着文坛。"近来在报上读到几首诗，感到痛苦，即这种诗就毫无诗所需要的感兴。如不把那些诗题和下面署名联接起来，任何编者也不会采用的。很奇怪，这些诗都当成诗刊载，且各处转登不已。"使他痛苦的是这样一种对比："那么艺术或思想都不好的作品，可以自由出版，另外有些人对国家有益有用的精力，却在不可设想情形中一例消耗了。这也就是历史，是时代！文艺座谈虽经常在人手边，为人引用，毛本人和我们作群众的究竟相隔太远了。如何把许多有用精力转到正常工作上，形成新的时代桥梁，更有效的使每一支有用的笔能得其用，不再一例消耗于无何有上，是他想不到的。巴金或张天翼、曹禺等等手都呆住了，只一个老舍成为人物，领导北京市文运。……时代十分活泼，文坛实在太呆板！"（《凡事从理解和爱出发》）

这一年，发生了对电影《武训传》的大规模批判运动。这部由孙瑜编导、赵丹主演的电影，于一九五〇年十二月经批准上映，先是引起广泛赞扬，后出现批评意见乃至根本否定，一九五一年五月二十日，《人民日报》发表了毛泽东所写的社论《应该重视电影〈武训传〉的讨论》，从而掀起了新中国成立后第一次全国规模的文艺——政治批判运动。沈从文写了一篇《〈武训传〉讨论给我的教育》，一是承认个人过去的工作走的改良主义的道路，二是对近几年的文教政策提出质疑，认为文化领导工作如何团结如何鼓励作家用笔做得不好。沈从文为什么要写这篇文章不清楚，这篇文章也没有发表。

在《凡事从理解和爱出发》这封长信里，沈从文充分表达了他对《武训传》讨论的观点，他直言不讳地说，费去万千人的劳动时间来做这样的讨论和批判是浪费，"如只把个武训来作长时期批评，武训这个人其实许多人就不知道，少数人提到他时还可能会说是鲁迅的……如托古射今，把现在人中有因种种原因工作一时和政治要求脱了节的情形，认为即是武训的再生，即动员一切可动员的来批判，还是主观上有了错误的结果。因为这个时代那里还有武训？当时太平天国之革命，无从使武训参加，很自然。至于现在革命，那是太平天国可比？革命者还自信不过似的比作太平天国，已不大近情，如再把时下人来比武训，未免更远了。……一检查偏向，去主观，再莫把自己当成太平天国的英雄，也莫把人当成武训来有意作践，就什么都不同了。""不想办法鼓励更多新作品代替《武训传》，来通过艺术娱乐方式教育千万人民，只作破题令万千人学习诵读检讨，费力多而见功少，似乎不大经济。即把一个导演、一个演员，并一个在坟墓中的武训，完全骂倒，新的优秀作品还是不会凭空产生！——这自然可能还有更深意义，我们一点不了解。"

就在《武训传》的批判声中，六月，沈从文写长文《我的学习》，这是属于"亮相"性质的检讨文章，沈从文回忆和"初步清算"了自己过去的写作和思想。这样的文章大概很难写，八月改写初稿，秋天又再次改写。十一月十一日《光明日报》发表了《我的学习》，十四日《大公报》转载。这时沈从文已经在四川参加土改了。

三、三 兄 弟

这一年，沈从文的大哥沈云麓在家乡做了省文物委员，沈从文去信跟大哥谈如何收罗家乡兄弟民族创造的文物，如何展开工作。他特别说道："不用念我，国家问题多，事情多，个人不足念。要注意为下一代年青一代工作。不要以我得失为念。"

他还在信里问三弟沈荃的情况如何。他不知道，沈荃已经在二月被辰溪军分区收押。沈荃一九二五年入黄埔军校，后来参加了北伐和抗日战争，一九四九年脱离南京国民政府回到湘西，随陈渠珍和平起义，有功于凤凰的和平解放。一九五一年十一月二十八日，沈荃被判处死刑。

大概过了一年，沈从文才间接得知这个消息。

二〇〇五年八月二十六日

"看了会新书，情调和目力可不济事"
——沈从文对新兴文学的意见

一九五二年一月二十五日，在四川川江县第四区烈士乡参加土改的沈从文，晚上受扰于隔壁一对老夫妇的彻夜吵骂，没法睡觉，就来读书。

古人说挑灯夜读，不意到这里我还有这种福气。看了会新书，情调和目力可不济事。正好月前在这里糖房外垃圾堆中翻出一本《史记》列传选本，就把它放老式油灯下反复来看，度过这种长夜。

他是先看"新书"的，可是只看了一会儿；如果说是"目力"不济的原因，那看《史记》也应该存在同样的问题，或许那个《史记》选本的排印比"新书"节省"目力"？但他能够在油灯下"反复来看"，以至"度过长夜"，看来还主要是"情调"的原因。

这一时期沈从文书信中多次谈到的"新书"，指的是与当时形势结合紧密的土改文学，范围再大一点，是指符合意识形态要求的新兴文学。他多次提到赵树理的《李有才板话》和《李家庄的变迁》，虽然是四十年代的作品，但直到五十年代初期的土改中，仍然是"新时代"文学的标高之作。早在乘船去四川的路上时，沈从文给两个儿子写信说："你们都欢喜赵树理，看爸爸为你们写出更多的李有才吧。""我一定要为你们用四川土改事写些东西，和《李有才板话》一样的来为人民翻身好好服点务！"但书信里跟妻子说起自己打算写的东西，却以为"比李有才故事可能复杂而深刻"。"重看看《李家庄的变迁》，叙事朴质，写事好，写人也好，惟过程不大透，……背景略于表现，……是美中不足处。"后来，当他实际接触到农村土改中的人事，他对孩子的口气也变了：他说，现实中的人事"比赵树理写到的活泼生动"，"有许多事且比你从《暴风骤雨》一书中所见到的曲折动人"；甚至说，"你看的土改小说，提起的事都未免太简单了，在这里一个小小村子中的事情，就有许许多多李有才故事，和别的更重要故事。"而对置身在土改现实中，却忽略现实而去看土改小说的人，他更是不以为然："年青人却以为村中无一可看，赶回住处去看土改小说，看他人写的短篇。"

他所说的"新书"，未必就是指赵树理和周立波的作品；如果是其他的土改作品，他大半就更看不上眼了。那么，这些新兴文学为什么就与他"情调"不济呢？他觉得新兴文学有什么问题呢？

还在去土改途中，船过巫山时，沈从文对两岸自然景观十分动情，"背景中的雄秀和人事对照，使人事在这个背景中进行，一定会完全成功的。写土改也得要有一个自然背景！"要把大自然的沉静和历史巨变的人事之动结合起来，而在这一点上，即使是赵树理的作品，也不免"背景略于表现"。表面上这似乎是个写法上的问题，其实却关涉到如何认识人事、历史巨变在世界中的位置问题，不可不谓大。而根据沈从文自己的经验，自然背景其实远远大于人事变动，哪怕是剧烈的变动。一九五二年一月四日，他参加一个五千人大会，那个会"解决"了一个"大恶霸"，同时约有四百名地主批斗，场面壮观热闹，"实在是历史奇观。人人都若有一种不可解的力量在支配，进行时代所排定的程序。"但是这样的大场面和时代程序如果与自然背景一对照，就产生出"离奇"的情形："工作完毕，各自散去时，也大都沉默无声，依然在山道上成一道长长的行列，逐渐消失到丘陵竹树间。情形离奇得很，也庄严得很。任何书中都不曾这么描写过。正因为自然背景太安静，每每听得锣鼓声，大都如被土地的平静所吸收，特别是在山道上敲锣打鼓，奇怪得很，总不会如城市中热闹，反而给人以异常沉静感。"沈从文一谈到文学、一谈到自然，往往就"忘乎所以"，他没想到，这种时代巨变"被土地的平静所吸收"的感受，已然超出了意识形态的规约。

当沈从文不那么"忘乎所以"的时候，他也清醒地意识到他的想法与新兴文学的抵触："真正农民文学的兴起，可能和小资产阶级文学有个基本不同，即只有故事，绝无风景背景的动人描写。因为自然景物的爱好，实在不是农民感情。也不是工人感情，只是小资感情。将来的新兴农民小说，可能只写故事，不写背景。"他竟然也可以"理智"到从"阶级"来划分文学的不同；但他显然不服气，所以紧接着就说，"对于背景的好处发生爱好，必从比较上见出不同印象，又从乡土爱中有些回复记忆印象，才会成为作者笔下的东西，写来才会有感情。"

另外一方面，他不满于新兴文学的，是写社会变化没有和历史结合起来。还是在船过巫山时，他写信说："川江给人印象极生动处是可以和历史上种种结合起来，这里有杜甫，有屈原，有其他种种。特别使我感动是那些保存太古风的山村，和江面上下的帆船，三三五五纤夫在岩石间的走动，一切都是二千年前或一千年前的形式，生活方式变化之少是可以想像的。但是却存在于这个动的世界中。世界正在有计划的改变，而这一切却和水上鱼鸟山上树木，自然相契合如一个整体，存在于这个动的世界中，十分安静，两相对照，如何不使人感动。"沈从文所要求的，并不是简单的历史感，而是对于"常"与"变"的深刻的感情和长远的关心。他说到同来土改的人，"对于那么好的土地，竟若毫无感觉，不惊讶，特别是土地如此肥沃，人民如此穷困，只知道这是过去封建压迫剥削的结果，看不出更深一层一些问题，看不到在这个对照中的社会人事变迁，和变迁中人事最生动活泼的种种。对于这片土地经过土改后三年或十年，是些什么景象，可能又是些什么景象，都无大兴趣烧着心子。换言之，也即不易产生深刻的爱和长远关心。"

　　而在根本上，不能和自然结合，不能和历史结合，是因为缺乏"有情"。

　　　　　　　　　　　　　　　二〇〇五年三月

"但丁在什么桥头曾望见一个白衣女郎走过"

——沈从文的济南印象

一

一九五六年十月十日，一个五十多岁的人走进山东师范学院。门房问他是干什么的，他说，"什么也不干。"门房笑了。他在文物室看了两个钟头。上午散学，学生们拥挤着出门去食堂，他也在中间挤来挤去，没有一个人认识。他觉得这样极有意思；又想，即使"报上名来"，也没有人知道他是谁。

不知怎么一转念，想到了老朋友巴金："如果听说是巴金，大致不到半小时，就传遍了全校。"接着又有点负气但到底还是泰然地想道，"我想还是在他们中挤来挤去好一些，没有人知道我是干什么的，我自己倒知道。如到人都知道我，我大致就快到不知道自己究竟是干什么的了。"

二

沈从文此行，是以历史博物馆文物工作者的身份出差南下，济南是行程的第一站，八日上午到，十三日下午离开。期间接触当地有声望第一流老文化人，这是其一；其二是看文物，主要是在山东博物馆等处看陈列、看库房；再就是，看"街上一切，给人印象有些别致"。

沈从文心情不错，甚至说得上是兴致勃勃，他对济南的印象相当好。前后不足六天的时间，他给妻子张兆和写了九封信，约一万五千字，细细地描述所闻所见所感。

到的当天，他就注意到，"济南给从北京来人印象极深的是清净。街道又干净，又清净。人极少，公共汽车从不满座，在街中心散步似的慢慢走着，十分从容。"他还特别注意到济南的"住家"："济南住家才真像住家，和苏州差不多，静得很。如这么作事，大致一天可敌两天。有些人家门里边花木青青的，干净得无一点尘土，墙边都长了霉苔，可以从这里知道许多人生活一定相当静寂，不大受社会变化的风暴摇撼。但是一个能思索的人，极显然这种环境是有助于思索的。它是能帮助人消化一切有益的精神营养，而使一个人生命更有光辉的。"

看了这些话，也许就能够明白沈从文为什么喜欢济南了。他这个受社会变化的风暴剧烈摇撼的人，从风暴的中心出来，一眼就看上这里生活的静寂，从容，"不大受社会变化的风暴摇撼"。他住在山东博物馆办事处，对窗是一座教会楼房，晚上月影从疏疏树叶间穿过，令他产生"非现实"的幻觉；就是早晨被广播吵醒，放的也是好听的交响乐，而不像北京，大清早要人听刘巧儿和小河淌水。

他眼中的济南，除了几座刺眼的建筑，似乎一切都好。

譬如说，饮食，水果。"这里一般饮食似比北京干净，面包和饭馆中饺子，都很好。水果摊在架子上如小山，如黄永玉父子同来，一定各有领会。从现实出发的小蛮，必乐意挑选最大的梨子石榴回家，父亲呢，却希望把这个摊子作背景，为作买卖老头子刻个彩色木刻。我还没有见到一张彩色木刻，比我所悬想永玉来刻这个果子摊的结果那么动人。果子也干干净净的，比北京好，不知何故。到处如画有诗，可惜我不能动手。"他在趵突泉公园附近小馆子吃饺子和馄饨，惊异于"馄饨皮之薄，和我明朝高丽纸差不多，可见从业人员对于工作之不苟，也可见生意必不太忙。味道也比北京一般小馆子好。"

譬如说，小街上墙边剃头摊，"清水洗头，向阳取耳"，和一百年前差不多！剃头的"得心应手"，可得"庖丁解牛"之乐，被剃的"目闭口张"，可得"麻姑抓痒"之乐。

平平常常的一切，他都看得很有兴味。市场上的说书处，黄黯黯灯光下贩卖和出租小人书的小铺子和翻书的大人小孩，图书馆的书架，旧街饭堂盘子"摆得极有错综之美"，绿色琉璃砖浮雕花朵值得本地艺术家学习还值得北京来取花样，等等等等，仿佛什么都入眼，什么都能引起感想。

在千佛山崖前，他买了一件艺术品，费钱五分。

<h1 style="text-align:center">三</h1>

他当然还注意到了人。

"在这里街上看到的许多中小学生，有一个特点和北京不同，和我却有一点点相同，就是头发通长长的。"他随手就画了个像，旁边写："小学生长得眉清目秀头发长"。到师范学院那天，更证实，"长头发同学当真相当多！无怪乎乡下中学教员，总居多是头发长长的！有些人头发长而上竖，如戴胜一般，决不是无心形成，还似乎有点时髦味道，大致平时必有什么名教授也这样，相当用功，所以弟子们不知不觉也受了点影响。"一向对时髦看不大顺眼的沈从文，对此的评价却是，"这里有一种淳朴之风流注，很可爱。我说的是包括了戴胜冠式的头发和其他一切。"

最有意思的是，医学校的女生让他浮想联翩。

十日傍晚，住处附近的医学校散学，"许多着白衣的女孩子，快快乐乐的当真一队一队从我前面走过。记得但丁在什么桥头曾望见一个白衣女郎和她的同伴脉脉含情的走过，我估想在学校附近，也必然有这种未来诗人或第一流大医生，等着那些年青女孩子走过，而这些女孩子对于那一位也全不在意。"他想起了但丁有名的文学典故及其蕴涵的深邃感情，此时，他不做文学家，已经好多年了。

这天晚上，他去看了场电影，印度的《流浪者》，回来的约二里长的路上，碰巧又是医学院的学生。这些学生谈文学，谈小说技巧，"我好像是这些人的父亲一样听下去，觉得很有意思，也是一种享受。我想起三十多年前在城头上，穿了件新棉军服看年青女人情形，我那时多爱那些女人！这些人这时也许都做祖母了，我却记得她们十五六岁时影子，十分清楚"。而眼前的这些女生，他真想看看她们怎么恋爱，怎么斗气，怎么又和好。有一位"长得极美丽，说广东话，我猜想她一定是学牙医，很愿意将来在什么牙医院再见面时告她，什么什么一天她们在瞎谈文学，我却一个人在瞎想"。这天晚上，他想到文学，想到过去弄文学的日子，"睡眠就被赶走了"。

四

在济南的最后一天，早晨起来，沈从文给妻子写信：

"早上钢琴声音极好，壮丽而缠绵，平时还少听过。声音从窗口边送来，因此不免依旧带我回到一种非现实的情境中去。……琴声越来越急促，我慢慢的和一九三三年冬天坐了小船到辰河中游时一样，感染到一种不可言说的气氛，或一种别的什么东西。生命似乎在澄清。"

音乐总是能够唤起他对人生的理解。他接着写下去：

"至于一支好曲子，却从不闻因时地不同，而失去它的光彩。假若它真有光彩，就永远不会失去。只有把它的光彩和累代年青生命结合起来成为一种力量，或者使一切年青生命在遭受挫折压抑时，还是能够战胜这些挫折压抑，放出年青生命应有的光辉。总之，他是力量和崇高愿望、纯洁热情一种混合物，他能把这一切混合或综合，成为一种崭新的东西，在青年生命中起良好作用，引起一切创造的冲动，或克服困难的雄心。在老年生命中也可唤回一切童年生命中所具有的新鲜清明。真是个了不起的东西！"

二〇〇四年十月八日

漫说《从文家书》

一、《家书》的文学史意义和书简家沈从文

《从文家书》作为"火凤凰文库"的一种，一九九六年由上海远东出版社出版。这样一本沈从文、张兆和夫妇间的通信集，如果仅仅被看成是为沈从文研究提供了不少实证的权威资料，就太局限了。从文学史的角度着眼，这样一种潜在的写作文本显示出以往文学史描述的表面和片面。特别是四十年代末至六十年代初的通信，更能突出思想、感情的"私人性"与时代潮流之间的紧张关系。在当时，"私人性"的感情与思想也许只有借助书信这一形式才得以以文字的形式表达，书信这种"写作空间"无疑是一种庇护之所，在此可以对时代风尚有所疏离和拒斥。那个时代颂歌型的散文创作和流行甚广的抒情散文模式，与这样的私人写作相比，虚浮自现。这是一个方面；

另一方面，即使是在这样一种私人的写作空间里，自我的表达相对自由，但仍然不得不承受时代的压力，潮流与风尚的渗透几乎处处可感，特别是沈从文在时代变换的新形势下仍然不能忘情创作，他努力想在自我和现实的需要之间寻找到一种平衡，寻找到能为两者共同认可的创作道路和创作成果。他的这种努力当然是徒劳的，但他努力的思想痕迹和实际的行为在书简里保留了下来。

我们要求文学史关注这种潜在的私人性写作，暗含了承认这种写作必须具有文学上的意义这一前提。一般我们是把好的书简当成散文来看的，这没有什么不可以；但我们还可以更理直气壮地把书简就当作书简，称沈从文同时还是一个伟大的书简家，也许更贴切一点。

书简和书简家随着时代的"进步"行将灭迹。人心枯竭了，我们还有什么可以倾诉？谁是唯一的、不可替代的，使我们不能自已地倾诉不断？书简和公开写作的区别在于，前者是有对象的，而后者没有。读者不是写作的对象吗？当然不是。在千千万万人之中，哪一个名叫"读者"？你能感触到他的体温、呼吸、美或丑吗？公开的写作虚拟了一个集合体作为对象，其实只不过是一个概念罢了。仅就这一点而言，书简的写作者就比我们一般所称的作家幸福，因为有了具体、真切的对象，写作的意义才完整起来。因此可以说，书简家沈从文是一个幸福的人。

当沈从文求爱还没有成功的时候，他就在信里告诉张兆和自我安慰的话："我行过许多地方的桥，看过许多次数的云，喝过许多种类的酒，却只爱过一个正当最好年龄的人。我应当为自己庆幸……"

要是两人从未相逢，沈从文能否成就为一名书简家，怕是不容易推断的。一九三八年沈从文逃难到昆明，三番五次写信给留在北京家中的张兆和，催她南下团聚。七月三十日的信中抱怨说："爱情呢，得到一种命运，写信的命运。你倒像是极乐于延长我这种命运。"八月十九日又写信抱怨道："说老实话，你爱我，与其说爱我为人，还不如说爱我写信。总乐于离得远远的，宁让我着急，生气，不受用，可不大愿意同来过一点平静的生活。"

沈从文确实特别喜欢写信。他婚前给张兆和的信札，从第一封亲手交给她的到住在北京公寓为止的全部，张兆和特意一包一包扎好放在苏州老屋里的一个大铁箱子里，不料毁于炮火。张兆和慨叹道："多美丽，多精彩，多凄凉，多丰富的情感生活记录，一下子全完了，全沦为灰烬。"我们今天所能读到的"劫余情书"，是当时张兆和抄录在日记里保存下来的。一九三七年沈从文离开北平后，张兆和在九月二十四日的信里曾说："前两天整理书信，觉得更不愿意走了，我们有许多太美丽太可爱的信件，这时候带着麻烦，弃之可惜……"后来张兆和带着两个幼子逃难的时候，不得不舍弃。但在一九三八年一月三十一日的信里，张兆和还不无自豪地说："我又欣喜你有爱写信的习惯，在这种家书抵万金的时代，我应是全北京城最富有的人了。"

沈从文之爱好写信，与他对这种表达、沟通形式的独特理解和感受密不可分。一九四八年沈从文在颐和园霁清轩消夏，给城里的张兆和写了一束书简，其中七月二十九日的一封写道："你可不明白，我一定要单独时，才会把你一切加以消化，成为一种信仰，一种人格，一种力量！"又写道："离你一远，你似乎就更近在我身边来了。因为慢慢的靠近来的，是一种混同在印象记忆里品格上的粹美，倒不是别的。这才真是生命中最高的欢悦！简直是神性。"不仅如此，除开由对象本身产生的亲和力之外，其他所见所闻所感，几乎无不使写信人想到那个对象，在这样的心绪中，才会有无限的耐心把一切点滴都娓娓叙来。沈从文书简描述自然与人事，由于对象的存在，几乎总是深情饱满，纯净温润。在这同一封信里，沈从文甚至设想"把写信方法用作生活法则"，原话是这样说的："至于写信呢，你向例却太简单。如果当面说的话能按数量改作信，在一处时，却把写信方法用作生活法则，你过不多久，一定会觉得更多幸福。也能给一家人分享。"

我们读《湘行散记》，觉得它的好，却不十分明白它的好究竟是如何产生出来的；觉得它的好中有很微妙又很辽阔的东西，却不完全清楚这微妙又辽阔的东西到底是怎样发挥作用的。读了《湘行书简》，我们知道《散记》是由它打底的——但它本身不是和《散记》一样优秀的作品吗？"三三专利读物"九十年代公开了，我们恍悟到：在中国新文学散文创作诞生《湘行散记》这一重要实绩之前，沈从文已经是一位伟大的书简家了。

二、自然的孩子

《湘行书简》一九三四年一月十八日第二封信写道："三三，我因为天气太好了一点，故站在船后舱看了许久水，我心中忽然好像澈悟了一些，同时又好像从这条河取得了许多智慧。三三，的的确确，得到了许多智慧，不是知识。我轻轻的叹息了好些次。山头夕阳极感动我，水底各色圆石也极感动我，我心中似乎毫无什么渣滓，透明烛照，对河水，对夕阳，对拉船人同船，皆那么爱着，十分温暖的爱着！……从那日夜长流千古不变的水里石头和砂子，腐了的草木，破烂的船板，使我触着平时我们所疏忽了若干年代若干人类的哀乐！我看到小小渔船，载了它的黑色鸬鹚向下流缓缓划去，看到石滩上拉船人的姿势，我皆异常感动且异常爱他们。"这里表现出来的爱，柔弱、纯净、宽阔深厚，又流动不息。为平凡的自然而感动之极，又"惆怅得很"，此时的感受似乎是在语言达不到、抓不住的地方，像河水、像历史般以它自有的缓急流动着。沈从文十六年前在这河码头讨生活，作过许多幻想，现在重又漂在这汤汤流水之上，牵挂着三三的心竟连着这牵挂，一起融入万汇百物、一切光景声色里了。经过此番感受，人好像不期然完成了神圣的洗礼，从此便有所不同。沈从文后来写《湘行散记》，对这一情形的描述特别以日期取名，题作《一九三四年一月十八日》。这封信写完，沈从文生命所受严肃的感动和彻底的欣悦仍然未能全部表达出来，他在落款下又加了一句："这里全是船了！"

自然之子有时被通俗化地叫成"乡下人"，沈从文一直是这样自称的。有时，"乡下人"亦不失为一种可爱的称呼，如沈从文在青岛教书时给张兆和的信里说："如爸爸同意，就早点让我知道，让我这乡下人喝杯甜酒吧。"张兆和回了一封电报，只写"乡下人，喝杯甜酒吧"。至此，沈从文求婚大功告成，这是一九三二年的事。但一般所说的"乡下人"却内含了一种社会歧视，沈从文负气地自称"乡下人"，有时亦不能免俗，受高等的城里人的感染、同化，或者说异化。沈从文成了名作家，四围是绅士、名流，自己也不知什么时候产生了不自然的怪心理。此属正常，亦复可笑。张兆和一九三七年十月二十五日信里透露出一些征候，也可谓一针见血："不许你再逼我穿高跟鞋烫头发了，不许你用因怕我把一双手弄粗糙为理由而不叫我洗东西做事了，吃的东西无所谓好坏，穿的用的无所谓讲究不讲究，能够活下去已是造化，我们应该怎样来使用这生命而不使他归于无用才好。我希望我们能从这方面努力。一个写作的人，精神在那些琐琐外表的事情上浪费了实在可惜，你有你本来面目，干净的、纯朴的，罩任何种面具都不会合式。你本来是个好人，可惜的给各种不合式的花样给 Spoil 了……"

自然给予了沈从文多么深厚的根基，又哪里是一时表面上的东西所能糟蹋得掉的，本性难改，改不掉的就是这自然之子的本性。

沈从文前后在上海住过几年，但他五十年代出差到这座城市，仍然觉得"和那些住家走路人十分生疏。仿佛他们怎么活下来永远不易理解。特别是那些大大的房子中进行的事情，以及极小的弄堂，挤满了大小人怎么过日子，怎么做梦，永远不易理解!"一九五七年四月二十六日信中特别写道："这里有个极令人奇怪现象，是女孩子一到十四五岁，就像被烘烤逼熟的，把成婚后的女人烫发穿衣全学会了。可能这种人又已经十七八岁，总长不起来，和不健康的花一样，到了时候，勉强开放了。电车上到处可见这种人。另一种是新摩登，也多是个子小小的，总给人一种淫欲过度感。脑子里只是钱、钱、钱，虽然已不能如过去那么能得钱用钱，对于钱还是具有极大的兴趣。对于书却绝对不需要。至于生活呢，和苏州许多人一样，吃零碎！永远是什么采芝香，采芝春，采芝什么忠实群众。"这里面当然也有偏见。

如果沈从文只观察到这些与自己的性情、思想不相容的现象，可就太可惜他的自然秉赋了。庆幸的是这种自然秉赋总是能够在不经意间出人意料地表现出来。比如他随手画了一幅清晨窗口所见的小画，于"万千种声音在嚷、在叫、在招呼"的忙乱景象中，反衬出水的静——"一切都在动。／流动着船只的水，／实在十分沉静。"沈从文并非有意识地去强调或夸张一种反差，他只是独具慧眼，注意到被时代和人群忽略了的事物，而这些被忽略的事物，正具有一种稳定的、安静的、悄然生息的可爱性质。

一九五七年五一节所见的三幅速写，特别能够反映出沈从文自然独特的关注意向。第一幅，"五一节五点半外白渡桥所见"："江潮在下落，慢慢的。桥上走着红旗队伍。艒艒船还在睡着，和小婴孩睡在摇篮中，听着母亲唱摇篮曲一样，声音越高越安静，因为知道妈妈在身边。"第二幅，"六点钟所见"："艒艒船还在做梦，在大海中飘动。原来是红旗的海，歌声的海，锣鼓的海。（总而言之不醒。）"第三幅，"声音太热闹，船上人居然醒了。一个人拿着个网兜捞鱼虾。网兜不过如草帽大小，除了虾子谁也不会入网。奇怪的是他依旧捞着。"沈从文在时代的宏大潮流轰轰而过的时刻，眼睛依旧能够偏离开去，发现一个小小的游离自在的"民间"，并且心灵里充满温热的兴味，这不能不说是一个奇迹。我们可以翻检那个时代的文学艺术作品加以对照，就会对这样的奇迹更加惊叹。从某一方面来说，这个奇迹是一个自然的孩子的奇迹。

一九五一年十一月十九日，沈从文在四川内江写信说："从早上极静中闻鸟声，令人不敢堕落。"

三、外面的世界和两个人的世界

一九四八年春天开始，沈从文受到在香港的左翼文化人的猛烈批判，邵荃麟、冯乃超、林默涵等都言词甚利，左翼文化界领袖郭沫若说沈从文的作品是"桃红色"的代表，"作文字上的裸体画，甚至写文字上的春宫"，并断然指出，"特别是沈从文，他一直是有意识的作为反动派而活动着。"沈从文差不多成了左翼文化界直接打击的敌人。这当然已经不同于过去的文学论争和笔墨官司，任谁都会把它当成即将确立的新政权发出的信号。一九四九年一月起，沈从文陷入精神失常，《从文家书》中"呓语狂言"所选的部分文字材料，使我们对这一阶段沈从文特殊的精神活动有所了解。

沈从文住在清华休养，张兆和一月三十日有一信，沈从文在上面做了批语，其中有一段说："给我不太痛苦的休息，不用醒，就好了，我说的全无人明白。没有一个朋友肯明白敢明白我并不疯。大家都支吾开去，都怕参预。这算什么，人总得休息，自己收拾自己有什么不妥？……我看许多人都在参预谋害，有热闹看。"五月三十日沈从文在北平家中写道："有种空洞游离感起于心中深处，我似乎完全孤立于人间，我似乎和一个群的哀乐全隔绝了。""世界在动，一切在动，我却静止而悲悯的望见一切，自己却无份，凡事无份。"今天，我们无论如何不可能把这些当成纯粹的疯话；我们甚至怀疑，在特定的时空内，是不是只有狂言呓语，才能道破真相？也许只有狂人才是无所顾忌的，才可能选择彻底的态度和决绝的言行？

解放以后相当长的时间内，沈从文一直想重新开始创作，他搜集材料，"深入生活"，苦思冥想，也动笔试写过，但最终没有成功。张兆和不断鼓励他，也没有效果。《家书》所收最后一封信是张兆和一九六一年七月二十三日写的，她对沈从文提出了批评："我觉得你的看法不够全面，带着过多的个人情绪，这些个人情绪妨碍你看到许多值得人欢欣鼓舞的东西，惹不起你不能自已的要想表现我们社会生活的激情。你说你不是写不出，而是不愿写，被批评家吓怕了。但是文艺创作不能没有文艺批评……我觉得你是对自己没有正确的估计。至少在创作上已信心不大，因此举足彷徨无所适从。"从这段话里，我们可以看出沈从文犹疑矛盾的心理，他的举足彷徨，也正表明对自我的可贵坚持。相比之下，张兆和显得"进步"而单纯，她关于"文艺批评"的说法，反映出对当时意识形态说教某种程度上的接受。其实沈从文心里清楚，所谓的"文艺批评"并不真的就是文艺批评，一九四八年他就领教过了。

解放初期沈从文家庭生活的情形，在次子虎雏的一篇作文里透露出一些，那时沈虎雏还是个小学生，作文题为"我的家庭"，最后一节写道："我们一家四人，除爸爸外，思想都很进步，妈妈每星期六从华大回来，就向爸爸展开思想斗争。我想，如果爸爸也能改造思想，那么我们的家庭，一定十分快乐。我已经和哥哥商量，以后一定帮助妈妈，教育爸爸，好使我们的家庭成为一个快乐的家庭。"

几十年之后，张兆和为《从文家书》写了一篇几百个字的简短后记，表明自己的"一点点心迹"。她说："从文同我相处，这一生，究竟是幸福还是不幸？得不到回答。我不理解他，不完全理解他。后来逐渐有了些理解，但是，真正懂得他的为人，懂得他一生承受的重压，是在整理编选他遗稿的现在。过去不知道的，现在知道了；过去不明白的，现在明白了。他不是完人，却是个稀有的善良的人。"她又说："越是从烂纸堆里翻到他越多的遗作，哪怕是零散的，有头无尾，有尾无头的，就越觉斯人可贵。太晚了！……悔之晚矣。"

我们再回过头去看《从文家书》所收张兆和的第一篇日记，写于一九三○年七月四日，是六十多年前了，张兆和还不足二十岁，那时她说了这样的话："可是我是一个庸庸的女孩，我不懂得什么叫爱——那诗人小说家在书中低回悱恻赞美着的爱！"

沈从文、张兆和相识，是在上海的中国公学，胡适校长成人之美的事流传甚广。但是罗尔纲的《胡适琐记》却否定这种说法。罗尔纲读了白吉庵的《胡适传》，对他说："并无胡适介绍沈从文、张兆和结婚事。那时候和今天不同，虽然男女同学，我和张兆和同志同班，还同选过一门只有七个人选的《说文》，却从来没有说过一句话，更哪有作为校长的胡适去介绍师生恋爱！绝无此事，你去问张兆和同志看，就说是我说的。"白吉庵去问，张兆和很幽默地笑说："报纸上有此一说。"罗尔纲虽入胡适门下，对于此事却有所不知。沈、张婚姻虽不是胡适介绍，胡适确也是"做过工作"的。现存张兆和一九三〇年七月八日日记，记她那天为沈从文追求她的事去胡适家里"请教先生"，胡适把沈从文夸赞了一通，后来才明白张兆和并不爱他。巧的是这天的日记里也写到了罗尔纲，她看见他在胡适家的院子里教一个男孩念书，"他见了我这同学有怎样的感觉，当他在第一次谋生时？应有如许的悲抑委屈罢，我想，虽然他没同我说话。"胡适为张兆和找他的事还特意写了一封信给沈从文，完整地抄在张兆和七月十四日的日记中。张兆和当时对胡适"偏袒"沈从文很有些不平，但胡校长的这一"立场"恐怕很难说对她一点影响也没有，只不过后来的传说往往不免夸大了这一影响，为了"美谈"而忽略了张兆和特别强的独立个性和沈从文为了"喝杯甜酒"的苦熬苦等。

一九九六年六月十一日

远的因缘，近的感念

——关于《沈从文别集》

《沈从文别集》新版印行（江苏教育出版社，二〇〇五年四月），沈从文次子沈虎雏有《再版序》，说的是这套别集的人事因缘，这因缘，可谓远矣。

上个世纪五十年代，平明出版社接连推出二十七册汝龙翻译的《契诃夫小说选集》，沈家四口，产生出三个契诃夫迷，只有改了行的沈从文不参与那些不倦的话题。儿子问父亲，汝龙为什么常赠新书？他只简单说："是朋友。"母亲的补充才说清楚："他翻译的那套英文契诃夫小说是我送的。"

而张兆和那套英译《契诃夫小说集》，还是沈从文送的。那是一九三二年暑假，在青岛大学任教的沈从文跑到苏州，看望他以前在中国公学的学生张兆和，带了一大包礼物，全是英译精装本俄国小说。

张充和在《三姐夫沈二哥》里说到这件事："这些英译名著，是托巴金选购的。""后来知道，为了买这些礼品，他卖了一本书的版权。"

那么这套汝龙译《契诃夫小说集》和《沈从文别集》有什么关系呢？

原来，"汝龙译的这套选集可贵之处，首先在于对作品的精选；第二是选进一些契诃夫的书信、札记，别人对他的回忆、评论等，分别编到不同集子里，这些文字拉近了读者和作者的距离，是汝龙先生锦上添花的贡献"。沈虎雏说，"朋友的成就四十年后启发着《沈从文别集》的编选工作"。

《沈从文别集》的编法，岳麓书社初版的时候张兆和就交待得很清楚了："我们在每本小册子前面，增加一些过去旧作以外的文字。有杂感，有日记，有检查，有未完成的作品，主要是书信——都是近年搜集整理出来的，大部分未发表过。不管怎样，这些篇章，或反映作者当时对社会、对文艺创作、对文史研究……的一些看法，或反映作者当时的处境，以及内心矛盾哀乐苦闷，把它们发表出来，容或有助于读者从较宽的角度对他的作品、对他的为人以及对当时的环境背景有进一步了解。"出这么一套小本子的别集，由张兆和说来，是"了却死者和生者的一点心愿"。沈从文生前，希望出一套本子小、便于翻阅的朴素的集子，可惜没能实现。

这些在过去作品之外增加出来的各类文字，有什么特别的价值呢？举例来说吧，别集中的《湘行集》，包括《湘行书简》和《湘行散记》两部分。《湘行散记》三十年代就发表和出版了，早已成为中国现代散文的经典；但《湘行散记》的"底本"，沈从文返乡的沿途书信，却要到《湘行集》出版时才以《湘行书简》为题与《湘行散记》合编在一起，给读者一个参照的机会。我不仅以为《湘行书简》为理解和研究《湘行散记》提供了最为直接的材料，我更以为，《湘行书简》本身就具有绝不亚于《湘行散记》的文学价值。沈从文坐在小小的船舱里，心随情境流转，同时也就落笔把所闻所见所感所想写下来，报告给新婚不久的妻子。这样的写作情景——在一条河上，在河上的一条小船里，一天连着一天，写一封接着一封的长长的信——是稀见的；更为奇妙的是，这条流动不息的河，不仅构成了这些书简的外部写作环境，而且成为这些书简的内部核心成分，不妨说，这些书简就是关于这条河的。所写一切，几乎无不由这条河而起，甚至连写作者本身，其精神构成，也往往可见这条河的参与和渗透。

这部《湘行书简》，本来是"三三（张兆和）专利读物"，如果没有这么爱着的一个人，没有这么一个收信人和读信人，即使爱写信如沈从文，还会不会写出这么些信来，是大可怀疑的。但是，就是在这些因爱而产生的信里面，除了那种儿女情长的私话，沈从文还写了更多的内容，不计巨细，细微如船舱底下流水的声音，重大如民族、生命、历史，甚至大到一个比人的世界更大的世界，而当这一切出现在私人性质的书简里，显得非常自然。现在我们常常谈到私人空间、个人空间的问题，这样特意地提出来强调，其实是把私人空间、个人空间狭窄化了，与一个更广阔的世界割裂了。私人空间、个人空间可以有多大呢？私人的爱的空间可以有多大呢？私人性质的写作、个人化写作，它的空间有多大呢？《湘行书简》可以做一个讨论的例子。

　　将近十年前，我主要以《从文家书》和《沈从文别集》等为根据，写出一篇《论沈从文：从一九四九年起》；其实不仅是写出一篇论文，更重要的是，别集所编入的作品之外的文字，给我带来持久的心灵震撼。许多年过去了，现在要研究沈从文，有煌煌三十二卷的全集，它所包容的材料大大超出了别集；但是对于更广大的沈从文读者来说，我以为，这套二十册的小本子别集，是非常适合的。我感念别集与我这样一个读者的缘分，当它又新装出版的时候，愿意写这么一点文字；同时，虽然我有《沈从文全集》，也仍然喜欢书架上又有这么一套别集，看着，心里有朴素的欣悦生出来。

二〇〇五年五月二十二日

沈从文从事文物研究时的心态

沈从文解放后到历史博物馆工作，用他自己的话说，和"人"接触的机会比较少，和坛子罐子绸子缎子打交道却特别多。一般容易把这样一个旧社会过来的"有问题"的知识分子的心理状态，想象成噤若寒蝉的样子，特别是沈从文还一度精神几近崩溃，企图自杀过，更容易助长这种想象。但是读了最近整理出版的沈从文文物与艺术研究文集《花花朵朵　坛坛罐罐》（外文出版社，一九九四年），觉得这种想象很成问题。

在文革中的一次检查稿里，沈从文曾经这样描述过自己的状态："从生活表面看，我可以说'完全完了，垮了。'什么都说不上了。因为如和一般旧日同行比较，不仅过去老友如丁玲，简直如天上人，即茅盾、郑振铎、巴金、老舍，都正是赫赫煊煊，十分活跃，出国飞来飞去，当成大宾。当时的我呢，天不亮即出门，在北新桥买个烤白薯暖手，坐电车到天安门时，门还不开，即坐下来看天空星月，开了门再进去。晚上回家，有时大雨，即披个破麻袋。"这样年复一年，一天到晚在库房里转悠，经手的文物不计其数，对自己工作的意义也越来越坚定。

至少沈从文对他自己的文物研究，在当时就是相当自信的，虽然说这种自信主要局限于专业领域，但很难想象一个噤若寒蝉的人可能有这样的自信。你看他在五六十年代，依靠文物研究的知识，写了好几篇文章去指出人家文史方面的错误，口气坚定地跟人家商榷，同时说明他文史研究的主张。他认为，老一辈"玩古董"方式的文物鉴定多不顶用，新一辈从外来洋框框"考古学"入手的也不顶用，新的文史研究必须改变以书注书的方法，结合实物，文献和文物互证，才能开出一条新路。地下发掘的东西，比《二十五史》还丰富，而且是活的，是第一手的。事实也证明，沈从文多年的文物和艺术研究，对中国文化史的研究有独特的贡献。

沈从文研究专家凌宇在《风雨十载忘年游》的长文中，记叙了他和沈从文曾经有过的这样几句闲谈：他看见沈先生的书橱里有李泽厚的《美的历程》，就问他看过没有。那时大概正是这本书风行的时候吧。沈从文回答说："看过。涉及文物方面，他看到的东西太少。如果他有兴趣，我倒可以带他去看许多实物。"

沈从文对文物的兴趣，早就有。最早发生在当小兵的时期，在川军中做书记官，闲时鉴赏统领官搜集的旧画、铜器、书籍、碑帖。《从文自传》中说，"由于这点初步知识，使一个以鉴赏人类生活与自然现象为生的乡下人，进而对于人类智慧光辉的领会，发生了极宽泛而深切的兴味。"一九二三年到北京，恰好住的地方向右走不远就是文化的中心，有好几百个古董店，"可以说是三千年间一个文化博物馆。"向左走不远，又到了另一个天地，"也可以说是明清的人文博物馆。""所以于半年时间内，在人家不易设想的情形下，我很快学懂了不少我想学的东西。这对我有很深的意义，可说是近三十年我转进历史博物馆研究文物的基础。因为，后来的年轻人，已不可能有这种好机会见到这么多各种难得的珍贵物品的。"

一九九七年四月四日

沈从文佚简：谈罗汉图

　　苏州大学季进教授寄给我一份新发现的沈从文书信复印件，三大张稿纸，毛笔竖写，一格一字，密密麻麻。我请学生誊写后，传给沈从文的孙女沈红教授，经她仔细核对，确定下来整理稿。

　　说起这封信的发现，完全是个意外。

　　苏州的一位先生，收集旧家具，退休后住到东山，在那里买到一个红木柜子。没想到，红木柜子搬回家后，在抽屉里发现了几封信，其中一封，就是沈从文写的，时间应该是在一九八〇年。

　　沈从文写给谁的呢？这位先生也是有心人，东山也不大，一打听就打听出，收信人曾经是东山镇文化站的站长，他当时向沈从文请教罗汉图的问题，沈从文就回了这封信。

　　沈从文的文物研究，范围实在是杂得很，他自己说是"杂文物"研究。我们看《沈从文全集》第二十八卷到三十二卷，煌煌五大卷，除了享誉甚隆的中国古代服饰研究之外，还有很多专题研究：玉工艺、陶瓷、漆器及螺钿工艺、狮子艺术、唐宋铜镜、扇子应用进展、丝绸图案、龙凤艺术、马的艺术和装备……要是细说，一时半会儿还真说不全。

但关于罗汉图，他却没有专门的文章。这封信专谈罗汉图，也就有其独特价值了。沈从文信里说，"你信中提到罗汉材料，这方面我知识不多，只能就记忆所及随手写些来"；可是对没有专门研究过的问题"随手"一写，就洋洋洒洒写了那么长。不是说这里面有多么了不起的见解，而是，你看他对文物多么津津乐道。这津津乐道的背后，是对文物有感情，有爱。

一九四九年，沈从文割舍文学创作转而从事文物研究，拓开了另一块安身立命的领域。绸子缎子，坛子罐子，千千万万件实物过眼经手，长年累月在灰扑扑的库房中转悠，和"无生命"的东西打交道，做枯燥的研究。我们把这样的工作理解为枯燥，其实是有些错了。每一件文物，都保存着丰富的信息，打开这些信息，就有可能会看到生动活泼之态；而文物和文物，也不是一个个孤立的东西，它们各自保存的信息打开之后能够连接、交流、沟通、融会，最终汇合成历史文化的长河，显现人类劳动、智慧和创造能量的生生不息。汪曾祺说他的老师是"水边的抒情诗人"，"湘西的一条辰河，流过沈从文的全部作品。"借用这个形象的说法，沈从文后半生，在新的现实境遇中，又在家乡的那条河流之外找到了另一条长河，历史文化的长河，他投身于此，倾心于此，以学术研究的方式，做了另一种"水边的抒情诗人"——还是汪曾祺的话："他后来'改行'搞文物研究，乐此不疲，每日孜孜，一坐下去就是十几个小时，也跟这点诗人气质有关。他搞的那些东西，陶瓷、漆器、丝绸、服饰，都是'物'，但是他看到的是人，人的聪明，人的创造，人的艺术爱美心和坚持不懈的劳动。他说起这些东西时那样兴奋激动，赞叹不已，样子真是非常天真。他搞的文物工作，我真想给它起一个名字，叫做'抒情考古学'。"

不过，"抒情"、"诗人"这样的字眼，因为通常的使用而容易误解，如果理解一偏，恐怕致使对沈从文后半生命运的艰难困苦，对沈从文物质文化史研究的学术严谨性及其价值，估计不足。所以需要回到具体的历史情境中去，去看他的经历，他的思想，和他的工作。

把沈从文的三篇文章联在一起看，可以得到一个基本的线索。一篇是《抽象的抒情》，一九六一年七、八月写的，未完稿；一篇是《我为什么始终不离开历史博物馆》，一九六八年十二月写，是文革中的一份申诉材料；第三篇是《曲折十七年》，一九八一年四月写，本来打算做《中国古代服饰研究》一书的后记，但后来该书后记却经过了大幅度的压缩。

大致上可以说，从《抽象的抒情》，可以读出沈从文为什么要放弃他其实一直不能忘情的文学创作，有了这个放弃，才有对文物研究那种事业性的专注和献身；从《我为什么始终不离开历史博物》，可以读出他在从事这个工作时的甘苦荣辱，特别是可以感受到他对自己在实践中摸索出的研究方法所具有的意义的强烈自信，自我的价值在不堪的处境中得以体现；《曲折十七年》则围绕《中国古代服饰研究》这一代表性成果的艰难诞生，叙述了史无前例的文化大革命中非同寻常的人生磨难。

时间流转如水，逝者如斯；过往的岁月里，人类的劳动、创造和智慧，历经冲刷淘洗之后，仍然得以各种各样的形式存留。沈从文的物质文化史研究，是用自己的生命和情感来"还原"各种存留形式的生命和情感，"恢复"它们生动活泼的气息和承启流转的性质，汇入历史文化的长河。"一个人不知疲倦地写着一条河的故事，原因只有一个：他爱家乡。"如斯言，一个人甘受屈辱和艰难，不知疲倦地写着历史文化长河的故事，原因只有一个：他爱这条长河，爱得深沉。

二○○八年四月十日

【附录】沈从文的信

远兼同志：

赐信已收到，谢谢你的厚意。我在七四年、七八年，都到过洞庭东山。七四年还参观工艺美术工厂，印象中觉得工作环境极好，值得发展。有关扇子应用发展小问题，只是我们这里工作中一个附产品，主要工作是《服装历史发展》和《丝绣问题》。《服装》第一册，早于六四年即已完成，因受文化革命影响，搁下了十五年，直到去年冬天，工作调过社会科学院历史所后，得到院部的支持，才经过三个多月的增改整理，初步完成上交所中。至于何时可以印好，当难预料，因分量较重，正图二百幅外，文字说明约廿万，内中且附有插图一百五十多幅，工作是否宜于继续，还得待第一本付印出版后，照内外反映而定。因为原计划是共编十本。如今完成的还只是十分之一。闻出版方面说，因为图版多初步定价约五十五元。《扇子》今年大致可以完成。此外还有前期山水画，或许也可定稿（是由西汉到隋代）。这类小专题，初步设想是用一百图示例的。

你信中提到罗汉材料，这方面我知识不多，只能就记忆所及随手写些来，供你参考。一、贯休绘十六应真，原画似已出国，有旧印本，或可从日本新印的流传世界的中国名画三巨册中五代编中发现，此作以奇怪见称于世。除原作影印本外，浙江博物馆乾隆行宫有一经幢，曾摹刻过，不妨写个信问问。若还保存，或商量弄一份照相，或托之为搞一份拓片，十分得用。又记得江西南昌万寿宫有旧摹画十六轴，也可写个信给江西文化局问问，此画是否在文化大革命时已毁去，若尚保存，也值得商请他们为照一份底片，供参考用。

至于摩崖反映较好的，似应属江西赣州郊外廿五里的通天崖雕的罗汉图，只不知在文化大革命中是否还保存下来。又有故宫收藏清代人摹贯休绘，曾载于《故宫周刊》合订本中，用笔过细，不如贯休原画有生气。

又申博曾于解放印有渡水罗汉图，也还好。又故宫曾于抗战前印有《西清砚谱》内中有一宋砚边沿浅刻罗汉图，是刻在洮河绿石砚边沿，笔迹近明人丁云鹏，恐非宋代，但布局还好，如改成浅浮雕展开成一长板，效果还是相当好。此外晚明程君房、方于鲁刻的《墨苑》、《墨谱》，内中似乎也有罗汉图，画手似均出于丁云鹏。

又郑振铎在《中国伟大艺术传统》图册中，唐代部分曾有一幅《萧翼赚兰亭图》，题为阎立本，似不足信，因为烹茶部分有个小小茶叶罐，作成荷叶式盖子，这种银或瓷小罐，只在宋元瓷器上才出现。但是如果把那个山东落第秀才萧翼和九十岁老和尚辩才形象作为线刻浮雕，或转成立雕，艺术效果还是相当好。

又《故宫周刊》还有个晚明文震孟绘的《礼佛图》，也还好。至于传世的李公麟《番王礼佛图》，及《维摩演教图》，行笔极细，相当精美，原物或已去台湾，在台湾印的故宫名画三百种中是否刊载过，难记忆清楚。日本《东洋文库》某一期中，曾用专文介绍过河北易县罗汉堂几尊唐三彩罗汉，把流传到美国的几尊三彩罗汉加以介绍。《东洋文库》分量过多，一时不易查找，不妨就日本印的《世界美术全集》中唐代编查查，记得内中有个彩印图，有典型性，值得试仿成尺来高的立雕。从造型分析，实唐代人所作，宋人作不出。

又昆山甪直相传为唐代杨惠之塑罗汉图，经过复原，时人多以唐代就相关材料比较，或北宋初年作品，比紫金庵的塑像早一些。但紫金庵既在洞庭，以本地风光而言，能仿作缩小到五六寸高，不着色，最好不着色，效果一定还好。

又云南筇竹寺罗汉，也有性格，有影印本可据，或花点钱请云南博物馆代购一份。

又广东有份南宋木雕罗汉图，似已分散，我曾在广东美术学院看一部分，是木刻立体，约二市尺高，印象中比紫金庵的好得多。也可去信给广东美协（协）助照一份正反侧照片，即可以仿造。

此外北京碧云寺罗汉堂之五百罗汉和苏州西园罗汉堂，多明清人作，相当俗气。

敦煌方面彩塑，人美有印本可供参考。唐代佛相雕塑水平最好。特出成就应数山西天龙山的石刻，已全部被盗到美国，日本人编印一本《天龙山之研究》很值得看看，或把它翻照下来作资料。这本书上海方面大图书馆可能有，如能商托赵坚同志，请他为摄照，必不太费事。

如需要的佛像比明清的出脱、且易见好，似以明永乐时的小铜佛为精美，其次则雍正时也有极好的。明代石刻的，则数北京体育（首都体育馆）后五塔寺的有代表性，清代的数碧云寺大塔四周石刻相当好。元代有代表性的高浮雕，则数居庸关过街门的极精，相传出于刘元所作。

又《文物》七九年十月号有一宋人绘罗汉图，也相当好。

据个人私见，这些材料如能陆续掌握到手中，成为基本资料，对你今后工作的便利，是十分显明的。此外敦煌壁画，永乐宫壁画，法海寺壁画，麦积山石窟画塑，炳灵寺报告，如一一能作为参考资料，把这些材料作作比较分析综合工作，你的工作必然可望取得新的突破。日人印行的则龙门之研究敦煌之研究天龙山研究云冈（水野清一编，共卅二巨册比其他三种都有分量）。这些出版物，除日人编的要外汇，其他大致都可以托人从上海买到，赵坚同志在上海久，且主持美术出版工作，公家如能投点资，这些图录用不到一千人民币，即可得到的。

至于边沿装饰图案，除了《敦煌藻井图案》一书，集中了部分材料，此外还只罗菽子收集过部分云冈龙门材料，不够具体。特别是漆器和金银错陶瓷花纹图案，如有人肯出点力，大致编个三五本大型图录教材，是还容易得到的。难的是有了人还得故宫、历博、申博、沈博、南博、长沙博，等等机关乐于协助就相当方便。现在各个机关都一心在复制文物，主要兴趣在发财，对外协作已毫不生兴趣。我在上年政协大会中，曾作了四个提案，都和大博物馆如何帮同各生产工艺品单位提高有关，盼望主持博物馆的领导，如何分门别类来为全国摄几卷电影供生产单位参考。案虽通过交由文物局研究办理，文物局可能正在换局长，更换人事，有一阵忙于整顿内部，今年看来这些建议一时恐不会引起注意。至于我个人身边材料，则全部封存到小小住处，根本不能挪动，必待为更换一住处才有机会清理，除扇子外大致还有些不同专题对你们生产都可供参考。若今年搬不成家，恐无多希望清理这些积压材料。去年整年不能进行工作，即因住处过小，摊材料无办法。今年若仍住原处不动，大致只有把一堆待收尾、待进行的工作让后人来作了。因为我今年已七十八岁，空嚷了三十年"古为今用"，办工艺美院的领导，即都不知道自己的责任何在。因此学校办了卅年，虽有各系主任，却还从不想到这，即早把各系教材编出来，让学生明白传统有些什么足称优秀，才便于借鉴。为这事我还出了不少力，捐了许多清初瓷器和明代锦绣，作为教师的就还始终不会运用这些材料到教学上去！事实上，不少教师都那么混了卅年！居然也混得很好，且心安理得。对于生产上的改进提高似乎都毫无什么责任可言。

沈从文敬复　一月十七日

东山竹子多而好，似乎还可充分利用编织些筐篮应用品。样子应当参考旧式极精美的。

"我不理解他"

　　"我行过许多地方的桥，看过许多次数的云，喝过许多种类的酒，却只爱过一个正当最好年龄的人。我应当为自己庆幸……"

　　这是沈从文求爱信里的话。二〇〇二年十二月末他过了百年冥诞，惶惶三十二卷的全集出版。这样的大事有了了结，九十多岁的张兆和也就在今年（二〇〇三年）二月撒手归去。

　　晚年整理沈从文的遗稿是张兆和的头等大事。不仅这项工作的烦琐复杂、规模浩大（全集中有近一半文字以前未发表过）是一个老年人难以承受的，外人更想象不到的是，对一个和沈从文相伴终生的人，这是一个怎样的精神过程。

　　张兆和是坦率的，几年前，《从文家书》出版的时候，她在后记里写道："从文同我相处，这一生，究竟是幸福还是不幸？得不到回答。我不理解他，不完全理解他。后来逐渐有了些理解，但是，真正懂得他的为人，懂得他一生承受的重压，是在整理编选他遗稿的现在。过去不知道的，现在知道了；过去不明白的，现在明白了……越是从烂纸堆里翻到他越多的遗作，哪怕是零散的，有头无尾的，有尾无头的，就越觉斯人可贵。太晚了！……悔之晚矣。"

这样的文字让人不能平静。

这样的文字也见出张兆和朴素的个性到老未改。回到六七十年前，已经是名作家的沈从文有时也不能免俗，张兆和曾在一封信里清楚明白地说："不许你再逼我穿高跟鞋烫头发了，不许你用因怕我把一双手弄粗糙为理由而不叫我洗东西做事了，吃的东西无所谓好坏，穿的用的无所谓讲究不讲究，能够活下去已是造化，我们应该怎样来使用这生命而不使他归于无用才好。我希望我们能从这方面努力。一个写作的人，精神在那些琐琐外表的事情上浪费了实在可惜，你有你本来面目，干净的，纯朴的，罩任何种面具都不会合式。你本来是个好人，可惜的给各种不合式的花样给 spoil 了……"

她就这样直言不讳。

一九九九年，青岛电视台拍了一部现代中国作家在青岛的系列片，有一集是关于沈从文在青岛大学任教时的情况。张兆和接受采访，回忆起当年两个人常常到海边散步，沈从文指着大海对张兆和说，他一头从这里扎下去，一眨眼就能从那边很远的那块礁石那儿冒出来。

采访的人问，他扎下去过没有？

"没有，从来没有。"

"为什么？"

"他根本就不会游泳——他吹牛。他吹牛。"老太太乐得满脸都是笑。

她说沈从文"吹牛"的时候，眼睛也亮了起来。

我记住了这个细节，因为我也想不到沈从文压根就不会游泳。在中国现代作家中，恐怕还没有谁写水写得像沈从文那么好，没有谁像沈从文那样对水富有感情，从水里懂得了那么多的东西——甚至可以说，是水成就了他的文学。读过《湘行书简》、《湘行散记》，读过《水云》，就知道了。

这个"吹牛"的人懂得他的幸运。一九六九年冬天，要下放了，沈从文一个人在家里整理东西，屋子里乱得无处下脚。张兆和的二姐张允和来看他，要走的时候被他叫住："莫走，二姐，你看！"他从口袋里掏出一封皱头皱脑的信，"这是三姐给我的第一封信。"张兆和叫沈从文二哥，沈从文称呼妻子三姐。"三姐的第一封信——第一封。"接着就吸溜吸溜哭起来，快七十岁的老头哭得像一个小孩子。

二○○三年三月三日

花 的 收 藏

一九九二年五月，张兆和率领全家送沈从文回湘西凤凰故乡。沈从文的骨灰由儿子和孙女从小船上撒入绿色的沱江，伴随骨灰的，是张兆和积攒了四年的花瓣。

张兆和站在虹桥上，目送小船顺沱江而下，船身后漂起一道美丽花带，从水门口漂到南华山脚下。

花瓣积攒四年，是从沈从文去世算起的。孙女小红说，爷爷在，奶奶尽心尽力照顾爷爷，爷爷不在了，奶奶才有时间莳弄花草。

而且，张兆和给花草起名字，用的是沈从文书里那些可爱女孩的名字，仿佛是，她养育的花草，延续着他小说的生命，延续着他小说人物的生命。

花谢了，就收藏起来，芳香还在。在《奶奶的花园》里，小红这样写："落下的花瓣斑斑驳驳，小心收起来烘焙，花开时一种神气，花干时另一种样子。最出色的是玫瑰和小苍兰，焙干后鲜亮不衰败，雅致不萎靡，脆脆有声。"

二〇〇三年十二月十六日

沈从文谈汪曾祺

汪曾祺去世已经十多年了。

汪曾祺去世前，梦见了他的老师沈从文。"沈先生还是那样，瘦瘦的，穿一件灰色的长衫，走路很快，匆匆忙忙的，挟着一摞书，神情温和而执着。"汪曾祺记下了这个梦，只有一两百字。一九九七年五月的一天，我在《文汇报》"笔会"版读到《梦见沈从文先生》，作者的名字上加了个黑框。心里为之震动。

汪曾祺对他的老师的感情，真是深厚。他谈沈从文的作品，谈沈从文这个人，写了一篇又一篇，写得那么多，又都那么好。临终一梦，绝非凭空而来。那么沈从文是怎么看汪曾祺的呢？没有专门的文章，却有零星的文字，散落在他给友人的书信中。很值得辑出来，集中起来看看。

一九四一年二月三日，沈从文给施蛰存写信，谈及昆明的一些人事，其中说道："新作家联大方面出了不少，很有几个好的。有个汪曾祺，将来必有大成就。"语气极其肯定。现存沈从文书信，这是最早提到汪曾祺的；而汪曾祺当时还只是试笔阶段，在西南联大一群学生作家中暂露头角而已。

汪曾祺一九四六年到上海，找不到职业，情绪很坏，甚至想自杀。沈从文从北平写信，把他大骂一顿，说他这样哭哭啼啼的，真是没出息。"你手中有一枝笔，怕什么！"此信不存，却在汪曾祺记忆里难以磨灭；他还记得老师同时让三姐（张兆和）从苏州写了一封长信来安慰。

此一时期的存信中有沈从文一九四七年二月给李霖灿、李晨岚的一封，请求朋友帮忙为汪曾祺找工作："济之先生不知还在上海没有。我有个朋友汪曾祺，书读得很好，会画，能写好文章，在联大国文系读过四年书。现在上海教书不遂意。若你们能为想法在博物馆找一工作极好。他能在这方面作整理工作，因对画有兴趣。如看看济之先生处可想法，我再写个信给济之先生。"

一九四九年初，时代巨变之际，内交外困的沈从文陷入严重的精神危机，不仅绝望于大势，连亲近的人也不能理解更让他感到孤立。他曾写下这么一段尖利的话："金隄、曾祺、王逊都完全如女性，不能商量大事，要他设法也不肯。一点不明白我是分分明明检讨一切的结论。我没有前提，只是希望有个不太难堪的结尾。没有人肯明白，都支吾过去。完全在孤立中。孤立而绝望，我本不具有生存的幻望。我应当那么休息了！"一九八八年汪曾祺写《沈从文转业之谜》，谈起老师当年"精神失常"时的"呓语狂言",有这样的评论:"沈先生在精神濒临崩溃的时候,脑子却又异常清楚,所说的一些话常有很大的预见性。四十年前说的话,今天看起来还是很准确。"

一九六一年二月,沈从文在阜外医院住院期间,给下放到张家口沙岭子劳动的"右派分子"汪曾祺写了一封长信,鼓励他不要放下笔。信是用钢笔写在练习本撕下来的纸上,十二页,六七千字;从医院回家后又用毛笔在竹纸上重写一次寄出。"一句话,你能有机会写,就还是写下去吧,工作如作得扎实,后来人会感谢你的!"语重心长;又说,"至少还有两个读者",就是他这个老师和三姐,"事实上还有永玉!三人为众,也应当算是有了群众!"

一九六二年十月,在致程流金的信中有一大段谈汪曾祺,沈从文为他大抱不平:"人太老实了,曾在北京市文联主席'语言艺术大师'老舍先生手下工作数年,竟像什么也不会写过了几年。长处从未被大师发现过。事实上文字准确有深度,可比一些打哈哈的人物强得多。现在快四十了,他的同学朱德熙已作了北大老教授,李荣已作了科学院老研究员,曾祺呢,才起始被发现。我总觉得对他应抱歉,因为起始是我赞成他写文章,其次是反右时,可能在我的'落后非落后'说了几句不得体的话。但是这一切已成'过去'了,现在又凡事重新开始。若世界真还公平,他的文章应当说比几个大师都还认真而有深度,有思想也有文才!'大器晚成',古人早已言之。最可爱还是态度,'宠辱不惊'!"

一九六五年十一月,沈从文信里与程流金谈起大学教写作,又是感慨又是骄傲地说："我可惜年老了，也无学校可去，不然，若教作文，教写短篇小说，也许还会再教出几个汪曾祺的。"那个时候因为京剧《沙家浜》，已经不是连老舍也不知道汪曾祺会写东西的状况了。

一九七二年六月，沈从文致信张宗和，提到汪曾祺："改写《沙家浜》的汪曾祺，你可能还记得住他。在这里已算得是一把手。可没有人明白，这只比较得用的手，原来是从如何情况下发展出来的！很少人懂得他的笔是由于会叙事而取得进展的。当年罗头徇私，还把他从联大开革！"也是在这一年的六月，陈蕴珍（即巴金夫人萧珊）最后入医院前收到沈从文从北京寄来的信，含着眼泪拿着信纸翻来覆去地看，小声地自言自语："还有人记得我们啊。"沈从文向在艰难岁月中的老友巴金夫妇谈起动荡年代里的家常，谈到彼此都熟悉的一些人的近况，当然不会忘记说说萧珊青年时代的朋友汪曾祺："曾祺在这里成了名人，头发也开始花白了，上次来已初步见出发福的首长样子，我已不易认识。后来看到腰边帆布挎包，才觉悟不是'首长'。"有一丝调侃，却是在亲切的、沧桑感怀的调子里。

二〇一〇年一月二十二日

芝加哥大学图书馆所见沈从文签名本

一、耐　　烦

在芝加哥大学东亚图书馆，无意中看到沈从文的签名本。一天下午，Regenstein 图书馆的地下 B 层，我在一排排书架之间没有目的地闲逛，看到一本沈从文的小书，就随手抽出来翻了一下，惊讶地发现有作者签名。再翻旁边的一本，还有签名。我索性把那一排沈从文的著作翻了个遍，发现签名的有十余种，都是竖行写的："沈从文　一九八一年一月廿七（日）"。"日"字或有或没有。一九五七年人民文学出版社版《沈从文小说选集》，绿色封面上题签的是："沈从文一九八一年一月廿七　访问支加哥大学"。

这就可以解释这些签名本的来历了。一九八〇年十月二十七日，沈从文和张兆和应邀赴美，在到次年二月十七日离美的三个多月的时间里，马不停蹄地走访了许多个地方，许多所大学，演讲多达二十余次。芝加哥大学是其中的一站。可以想见，沈从文到此，主人从图书馆里找出了他的一大堆书。

在我的想象中，耐烦成了他签名情景中看不见的核心因素。这个老人，他很耐烦地一本一本地写。用钢笔，笔画清晰，硬朗，绝不潦草，不仅写上名字，还写上日期。商务印书馆版《主妇集》在封面上签有名字和时间，在内封上又重写了一遍。沈从文过去有在封面上签名的习惯，这次《沈从文小说选集》也是签在封面上的。芝大图书馆给平装书都做了硬壳封面，所以签在书原来的封面上其实也并不显得突兀。可能旁边有人提醒他《主妇集》签到封面上了，他就再翻开封面签到内封上。

耐烦，是他一直喜欢用的一个词。

二、三 种 情 况

好几天我脑子里都转悠着"耐心"这个词，于是又去了一次图书馆，仔细察考沈从文签名本情况。找到签名本十三种，分别是：

1、《都市一妇人》，上海新中国书局，一九三三年六月再版（一九三二年一月初版）；

2、《如蕤集》，上海生活书店，一九三四年六月初版；

3、《记胡也频》，上海大光书局，一九三五年十月三版；

4、《主妇集》，商务印书馆，一九四〇年七月再版（一九三九年十二月初版）；

5、《湘行散记》，开明书店，一九四六年十月再版（一九四三年十二月初版）；

6、《湘西》，开明书店，一九四六年十月三版（一九四四年四月初版）；

7、《月下小景》，开明书店，一九四九年一月五版（一九四三年九月初版）；

8、《春灯集》，开明书店，一九四九年一月五版（一九四三年九月初版）；

9、《黑夜》，开明书店，一九四九年一月五版（一九四三年九月初版）；

10、《从文自传》，开明书店，一九四九年一月四版（一九四三年十二月初版）；

11、《沈从文选集》，"中国新文学丛书"之十六，（香港）文学出版社，一九五七年四月初版；

12、《沈从文小说选集》，人民文学出版社，一九五七年十月初版，印数二万四千册；

13、《沈从文甲集》，（香港）一新书店，无出版年月。

这里有三种情况值得提出：

一、其中5、6、7、8、9、10这六种，都属于开明书店出版的"沈从文著作集"系列，封面统一，是稚拙的"小虎花园"图案和儿童字，每个书名下都标有"改订本"字样。抗战期间沈从文在昆明西南联大，花很大精力系统修订自己的作品，交给开明书店，从四十年代初陆续出版。这实际上带有全面总结过去创作的意图，同时也希望这一套著作的版税能够对生计有所补贴。一九五三年春，开明书店致函沈从文，大意说：尊作早已过时，开明版所有已印作品及纸型，均已代为销毁。

二、一九八一年初，国内沈从文著作的出版有多种已经在酝酿，年内就有几种面世，但在芝加哥大学讲学其时，他只能在唯一一本新中国成立后出版的小说选集上签名。当年这本选集出版后，沈从文一时兴奋，在给他大哥的信里说："第一版印二万四，如二年内能销到十万左右，生活略有些保障，不必向公家借钱，我也许还可自由支配一下生活，有几年不作事，专回到乡下写两本书。"

三、沈从文签名的时候，一定会发现，有两种书他没有见过，这就是香港翻印的《沈从文甲集》和香港编选的《沈从文选集》。这是一种颇堪玩味的情形。在二十世纪特殊的历史阶段，大陆，沈从文的创作不能出版；在台湾，一九八七年以前，沈从文的作品和大部分的新文学作品一样列为禁书。马悦然在沈从文逝世后三天发表的悼念文章感慨：作为一个外国的观察者，发现"大陆和台湾的中国人"，"自己不知道自己伟大的作品，我觉得哀伤。"可是在香港，从五十年代到七十年代，却有不少新文学作家的书被翻印，沈从文的作品也在其中，不仅在本港销售，也销往南洋各地。

这种翻印，严格说起来就是盗版；但当时大陆和香港均未加入伯尔尼公约，其情形与今天的盗版自然不同，实际上确有作家高兴自己的作品被翻印。我在芝大图书馆还找到几种沈从文著作的香港版本：《春》，文利出版社，一九六〇年十月版，内收《春》、《龙朱》、《八骏图》、《腐烂》四篇作品；《湘行散记》，新文学研究社，一九七五年九月港一版；《昆明冬景》，"习之丛书"之一，习之出版社，一九七六年一月版。

现在不少人以为，沈从文的《边城》首次拍成电影，是由凌子风执导、一九八四年完成摄制的同名影片；其实早在一九五二年，香港就拍摄了根据《边城》改编的黑白片《翠翠》，导演严峻，他还同时饰演其中的外祖父和二佬，林黛饰演翠翠。一九五三年公映后，女主角一炮而红。这部电影在香港早期电影史上有重要的位置，电影插曲也风行一时。

上述第三种香港出版及相关情况的研究，似乎没有得到足够的重视。事实上，在香港这个特殊的社会政治文化空间里，在特殊的时代，这样一种文学的传播方式可能产生的多方面意义，并非不值得探究。

三、一 个 例 子

我把香港文学出版社版的《沈从文选集》借了回来。

这本书不是随便翻印解放前的版本，而是很认真地编选的，作品前有编者的序。这篇序写于一九五六年十二月，就署名编者，对沈从文的评价大致是："沈从文是个有艺术才能的人；""他对湘西的事物很熟悉，也很有感情。""然而，很可惜，沈从文的作品仅有艺术性的一面，而缺乏了思想性的一面。"

那么编者所认为的"思想性"是什么呢？其实就是阶级论，举例来说：《边城》里的船总顺顺"如果不通过高利贷般的抽剥"，怎么能够发起财来？而沈从文"不去揭他的不是"；还有：

> ……他在《柏子》里，让"柏子"辛辛苦苦得来的钱，却花在妓女、鸦片上，这种行为难道是值得原谅、值得同情吗？"柏子"没有被鞭挞，没有被纠正，这就等于一个名画家，就算是达芬奇好了，他不去画蒙罗丽莎，而绘了一幅鸦片烟具，这名画还有什么意义？《丈夫》在艺术上说，是很好的作品，但苛刻点说，它又有点冒渎。这也说明作者在当时全然不去问一问为什么"丈夫"愿意让妻子去做"生意"？除了农村破产，他们靠土地也活不了之外，还有什么？

编者假设了一个问题："像沈从文这么一个有艺术才能的作家，为什么他不在美的创作中，赋予正确的主题？"答案是："他不想去了解社会和一切人们的关系，他企图把人与外界（社会的、经济的、以至……）绝缘。"简而言之，他"不去正视现实"。编者认为沈从文"从下士——作者——作家——副刊编辑"的人生道路"是多么易走啊"，因为这种"轻易"，他没有"给现实激发，在困苦中挣扎出来，这就成为他后来思想上的赘累"。

序的最后，把沈从文和郁达夫相提并论，放在新文化的历史中考量，认为："在新文化运动中，别人是洪流，向火海奔腾。他们却是小旋涡，他们老是在老地方打圈子。"沈从文的"笔调简洁生动，有如淡墨写青山，有一种自然美，可是它对人间的'善与恶'、'真与伪'却模糊得很。有时甚至叫人得了错误的观念。"郁达夫最后在南洋被日本人杀害，"扫除了他过去的灰暗人生"；"沈从文，他在最后的决定中，仍留在北京，而他又亲眼看到湘西农民，永远也不会把老婆送到船上去做'生意'。""现在，他也会为自己的过去而感喟吧！"

从这篇序，可以很明显地看出新文学左翼文学观念的延续和影响，也可以很明显地感受到与当时大陆意识形态的相通。这种"艺术"与"思想"的二分法论述，毫无疑问会把问题简单化，有时表现得武断甚至是错误；但同时，我们也不可不注意到，这种二分法对"艺术"上的肯定，也使得论述显得不是那么声色俱厉，如同我们在某些左翼的批判文章中所见到的那样。当然，这篇序，也可以反映当时香港的文化意识形态的一个侧面，一种构成成分。

同时，我觉得很有意思的是，与这篇算不上高明的序相比，编者挑选沈从文作品的眼光却可以说是高明的。作品分成三辑，第一辑是《柏子》、《丈夫》、《春》、《八骏图》；第二辑是《月下小景》、《寻觅》、《爱欲》、《医生》；第三辑是《萧萧》、《菜园》、《新与旧》、《失业》。全书篇幅不算太大，共一百八十一页。熟悉沈从文作品的人当会同意，编者是有着不一般的文学直觉和审美鉴赏力的，这种文学直觉和审美鉴赏力，还没有被编者自己所强调的"思想性"的一面收编。甚至可以说，读者能够读到包含这些篇目的沈从文作品集，编者序中的论述是否准确妥当，是否错误，都是不必太计较的事了。

二〇〇六年十月二十九日　芝加哥大学

"有些文章很年青，到你成大人时，它还像很年青！"

——沈从文的作品和沈从文的读者

一

二〇〇二年《沈从文全集》（三十二卷）由北岳文艺出版社出版；岳麓书社一九九二年出版的《沈从文别集》（二十册），二〇〇五年江苏教育出版社又重新印行。由此我想到沈从文作品的读者。

谁是沈从文的读者？

近半个世纪前，一九五七年，已经有十多年没有出版过文学作品（上一次作品的出版还是在一九四五年）的沈从文，忽然被告知将由人民文学出版社出版《沈从文小说选集》。已经改业好几年的沈从文写了篇《题记》，其中伤感地说："我和我的读者，都共同将近老去了……"

果然，等到他的作品可以再次出版，又过了二十多年，到了八十年代。沈从文的老读者，愈发老了，也越来越少了。

但也就是从八十年代开始，新的读者出现了，而且越来越多。到二十一世纪的今天，沈从文的读者，年轻的读者，一代又一代地成长起来；而沈从文的文学，也在一代又一代年轻读者的阅读中，生命常青。

我想到沈从文的读者这个问题，不仅因为我自己是一个从八十年代开始阅读沈从文的一个人，更因为，我现在正和一群年轻的沈从文读者一起，共享了一个讲读沈从文的课堂。二〇〇五年春季，我在复旦大学开设了"沈从文精读"课。本来是给三年级本科生开的专业选修课，预定上大半个学期，因为这个年级的学生下半个学期要出去实习；结果选课的人从一年级到四年级都有，而且不少，还有许多研究生和进修生旁听，这样就把这个课上了完整的一个学期。

二

在中国现代作家中，沈从文是最受学生喜爱的几个人之一，本科生的学年论文、毕业论文，到硕士和博士的学位论文，以沈从文为题的，从上个世纪八十年代后期以来，已经积累成一个庞大的数量。但是，就我所见，奇怪的是，绝大多数的论文，是在重复关于沈从文的一些差不多已成"定见"的"套话"，似乎已经形成了一个理解和叙述沈从文的"模式"。这样的状况，其实是学术界沈从文研究、高校课堂沈从文教学的反映。

我想，年轻的一代喜欢这个作家，这是特别值得珍惜的；但是年轻的学生会自觉不自觉地"屈从"学术研究和课堂教学的"权威"，把自己的阅读感受"整理"成适合于"定见"、"套话"和"模式"的"理解"，这，是非常遗憾的。

为什么会这样呢？也许我们的研究和教学提供给学生的理解空间太狭窄了，根本上是研究和教学本身理解沈从文的空间太狭窄了。这个狭小的空间不足以让年轻一代的沈从文读者把自己阅读感受中蕴藏的阐释沈从文的活力充分释放出来，从而形成对沈从文理解的深化和丰富。年轻一代读者自己阅读感受中蕴藏的阐释活力，往往"胎死腹中"。

我们今天来看沈从文，首先应该拓开我们自己的理解空间。如果这个理解空间太小的话，是放不下这个人的。

我的想法，是把沈从文放在整个二十世纪中国的时空中去理解，简明一点说，可以从三个阶段来谈——当然不可能这么简单，只是为了说得清楚一点：

第一个是文学阶段，基本上是到三十年代中期，或者说《边城》这样的作品完成之后就差不多了；如果要一个明显的标志，可以以一九三六年《从文小说习作选》的出版划一条边缘模糊的界线。《习作选》的出版，等于是十年创作的一个总结。这个文学阶段主要还是"创作"的阶段——这个文学还是一个"创作"的概念。

第二个阶段是从三十年代中期到四十年代结束的时候，这是一个从文学到思想的阶段，越是往后去，思想的成分越重。如果从形象上来讲，第一个阶段是作家的形象，那么第二个阶段就是思想者的形象。这个思想者是一个非常痛苦的思想者，你没法说他思想得很通透，他的思想过程是非常痛苦的，和现实粘连纠缠得厉害，不能圆通。但我觉得就是这个痛苦、粘连纠缠和不能圆通，特别有意义，有价值。

然后就是一九四九年新中国成立之后，一直到他去世，第三个阶段。这个阶段比较麻烦——当然你可以把他说成是一个学者的阶段，我不愿意这么说，我觉得是一个知识分子实践的阶段，一个知识分子怎么在一个变动的时代过程当中找到自己的位置，在这个位置上安身立命。他要找到这个位置，要在这样一个位置上安身立命，是要付出很多代价的。这个代价不是一般人所说的受很多苦啊等等，那只是被动地承受；而是在精神的严酷磨砺过程中，去追求意义和价值，苦难和整个创造事业的主动追求是紧密相连的。

对应于这三个阶段，是三种形象：一个文学家的形象，到一个思想者——当然这个思想者也是从文学出发的，是一个文学思想者——的形象，再到一个实践者的形象。这样一个形象的变化过程是非常明显的，但不能把三种形象割裂开来，其中有贯穿性的线索。贯穿起这三种形象，大致上可以描画出沈从文这样一个比较特殊的人、比较特殊的知识分子，在二十世纪中国巨大变动时代里的人生轨迹。

以往我们对沈从文的理解，文学阶段之后的思想者的形象是不突出的，我们都觉得沈从文是一个作家，不觉得他是一个思想者，更不觉得他是一个实践者。他在一九四九年以后的文物研究被简单地解释成被迫改行，是被动的，不得不然的，就没有注意到这里面有一个知识分子和社会建立起有机联系的主动成分。在这样的视界内，沈从文的形象就不能不显得太小了——就是一个作家嘛。补充上后面两个阶段，沈从文的形象才能完整起来，大起来。

另外，即使是第一个阶段，我们的理解，可能也还存在着问题——就是，可能还是把他的文学理解小了。

我讲沈从文，基本上就是这样一个"思路"和"框架"。但这只是"思路"和"框架"，课堂教学不能凭空端出"思路"和"框架"，而必须从实处出发，落到实处，最后让学生形成一个他自己理解沈从文的"思路"和"框架"，而不是首先把你的"思路"和"框架"灌输给他。

从实处出发，落到实处，具体的方式，就是文本的细读。在第一个阶段，主要讲《从文自传》、《湘行书简》和《边城》；第二个阶段，讲《长河》、《黑魇》和一九四九年"精神失常"时的"呓语狂言"；第三个阶段，讲一封五十年代的土改家书，讲一篇六十年代初的未完稿《抽象的抒情》，讲一份文革中的申诉材料《我为什么始终不离开历史博物馆》，最后讲八十年代写的本来打算做《中国古代服饰研究》后记的《曲折十七年》。

这里需要讲一讲容易引起误解的"文本细读"。看到"细读"这样的字眼，马上联想到新批评派的 close reading，这是自然的；但是"沈从文精读"课上的文本细读，却并不是把自己封闭在文本之内、关起门来的细读，相反却是要把文本这个空间充分打开，引进各种有机因素，激活文本所蕴藏的能量。譬如关于《边城》的阐释，就利用了沈从文的早年经历、性格形成等传记性资料，论证他用文字包裹伤口、用微笑担当命运的写作自觉，这也就暗示了《边城》表面文本之下的另一层世界。

落到实处不是落到死处，精读课的精讲、细讲，可能包含的一个危险是把所讲的东西凝固化、定义化，只是这样而不是那样，也就是讲死了。如果是这样，那就走到文学的对立面去了。而在到目前为止形成的关于沈从文的叙述"模式"里，其实已经显露出某种凝固化的倾向。精读课的精讲、细讲，在我自己的主观意图里，其实正是从文本出来，从精细处出发，来"活化"、瓦解、反抗一切凝固化地理解沈从文的"定见"、"套话"和"模式"。

<h2 style="text-align:center">三</h2>

这样讲读的反应和效果如何呢？

期末，我让学生自己来分析任意一篇沈从文的作品，可以选我在课堂上讲过的，也可以选我没讲的，要求是抓住自己的阅读感受，在这个基础上进行分析；分析要说自己的话，而不是重复已有的论述，也不要重复说老师的话。

我曾经简单提到，沈从文小说的叙述人，通常和一般现代小说在不同程度上隐蔽的叙述者不同，是个让人感到亲切的、和读者"打招呼"的叙述人。后来三年级的杨颖静在期末作业中说："《边城》中的沈从文似乎是最没有机心的作家。他不会让读者觉得有被'设计'的感觉，不会让读者在阅读过程中最终发现，原来开初的那些零零碎碎的叙述，到最后都有落脚之处。"从这样的阅读感受出发，是可以做很深入的探讨的，但首先你得让学生对自己的阅读感受有信心，保留住自己的阅读感受。我在作业中看到这样的话，心里高兴是自不待言的。

一年级的于小轶写了一篇分析《三个女性》的文章。一般的沈从文研究者可能会知道，这篇小说的三个女性形象都有原型，分别指向丁玲、张兆和、沈从文的妹妹九妹，这个一年级的学生未必知道这种指涉，她把这篇作品看成是沈从文"隐藏和追溯作者自己的文章"，从这个角度来解释作品。是不是这样解释就错了呢？在我看来，完全不是，而且也许恰恰因为她不知道这种指涉，她才没有障碍地获得了自己对作品的理解，而这个理解，也是作品所支持的。她发现，"有趣的是，三个女孩子在文中都是喜欢借翻译景物的语言来表达自己看法的人，这一点，恰是沈从文文学作品的精髓。"经过细致的分析，她得出结论说，"透过这篇作品，我们像在看一部自传，可以清楚地看到他的独特的自我。感觉到届时三十一岁的他在不断地追溯自己和展望未来的过程中成熟，对现状的剖析和内心矛盾的展现由这三个女性体现。"原来这篇小说，深藏着与作者经历的密切联系："生活现实中的断层用文字的土壤来填平，沈的幻想、压抑和内向的性格不自觉地落在土壤中，本来以期能沿着铺实的路面追寻自己过去、未来的所在，却在不经意间沿途开出许多透明的小花，那种淡然的随意令其作品遗世独立。"

《沈从文别集》中《抽象的抒情》一册，选了沈从文一九五二年在四川参加土改时夜读《史记》的一封家书，取题为《事功和有情》，我在课堂上非常详细地释读过。三年级的徐捷很想谈谈这封信，不过她又担心，老师已经在课堂上逐句讲过，她又怎么谈呢？我告诉她，先把我讲的全部抛开，好好追究一下自己的想法，自己有所得就好。结果她交给我的是一篇非常情境化的文章，在此情境里，有她自己：她把自己的阅读也放进了历史的时空中——

　　四川山村的一个深夜，沈从文阅读司马迁。几十年后的一个深夜，我阅读沈从文。文字如电光火石，照亮了我们仨人。

　　他们是相隔千年的朋友，遥遥地握手，唱一曲高山流水。

　　我，却是少年时受一番彻悟。从此后，恍若两世。

　　想象中二人灵魂相和，一吐英雄气的场面没有出现。沈从文没有把这个月夜酝酿成《报家人书》。他没有执着于回应司马迁所说"《诗》三百篇，大抵圣贤发愤之所为作也。此人皆意有所郁结，不得通其道，故述往事，思来者。"

　　沈从文可以在那晚把自己"身处历史大变革和政治漩涡中的性格悲剧，以及政治与艺术在那一时代不可避免的冲突"化作一篇书，一抒胸臆。可是他没有。尽管他说"看过了李广、窦婴、卫青、霍去病、司马相如诸传，不知不觉间，竟仿佛如同回到了二千年前社会气氛中，和作者时代生活情况中，以及用笔情感中。"

本来这完全可以是一个悲凉悲愤的夜。

可他只是一开始就打趣自己说"在两夹攻情势中，为了珍重这种难得的教育，我自然不用睡了。古人说挑灯夜读，不意到这里我还有这种福气。"看到这里我忍不住会心一笑。沈从文就是沈从文，尽管生活让他困顿、精神上陷入困境，可是假如山边有朵小花开在清风里，他还是会停下来驻足观看，拈花一笑。所以尽管他"竟仿佛如同回到了二千年前社会气氛中，和作者时代生活情况中，以及用笔情感中"，他却没有想"究天人之际，通古今之变，成一家之言"，只是忠实于自己的情感，记录下世间让他思索的一切，没有刻意地要让文字千古。或许也因为如此性格，曾逼近过死亡线，曾精神崩溃的沈从文会在人生几乎走入绝境的时候又重新稳住自己，开拓另一项事业。继续生活。

正因为他是沈从文，所以哪怕在这样一个与司马迁如此亲近的夜晚，他还不忘记表达自己对于目前"向优秀传统学习"这句很响亮口号的个人的见解。他恐怕忘了他已经"靠边站"，已经不能写作，他还是要负责任地表达自己的看法。可惜，那时根本不需要他这么负责任的表达。然而他依然兴致勃勃地在深夜写给全体家人的信中慎重地谈到了这个问题。沈从文几乎不被人当作对社会有责任感的作家，而一味地认同他的"湘西风情"，认为他写些情爱，写些花草，"粉红色作家"。可是，当我们——

摊开他的文集，会发现他始终"哀民生之多艰"。

可惜就如李锐所说："别人不懂也就罢了，难道我们这些中国人也真的再也听不懂中国诗人的歌哭和咏叹了吗？难道历史的风尘真的把我们埋葬得这么深这么重了吗？难道一种弱势文化的人连听力、视力和生命的感觉力也都是弱势的吗？以致我们竟然听不懂一个肝肠寸断的柔情诗人的悲鸣？以致我们竟然看不见，在夕阳落照下的那样一种悲天悯地的大悲哀？"

在现在的文学上被误读，在未来的文学上却将愈来愈不朽；在现实生活境遇上得到太少、待遇不公，在人性世界里却人神同在、悠然自得……

这就是沈从文！

我们其实都想探究沈从文为何有两种天壤之别的际遇。而这个夜，沈从文清晰地、清醒地、冷静地告诉了我们他终于思考出的答案："换言之，就是寂寞能生长东西，常是不可思议的！中国历史一部分，属于情绪一部分的发展史，如从历史人物作较深入分析，我们会明白，它的成长大多就是和寂寞分不开的。东方思想的唯心倾向和有情也分割不开！这种'有情'和'事功'有时合而为一，居多却相对存在，形成一种矛盾的对峙。对人生'有情'，就常和在社会中'事功'相背斥，易顾此失彼。"

或许，把一九四九年后的沈从文与一九四九年前的沈从文换个个儿，沈从文的整个人生会完全不同。

这句论断莽撞，却可能透出些道理。

那个"或许"其实只是假设中年前的沈从文能够拥有中年后，经历一次割脉、一次癫狂后的对世事的超越自我的洞彻。而这，来得太晚。

这个太晚，只是叹息他陷落在如何突破自我的重重包围中困苦不堪、疲惫不堪。假如他在一开始就拥有彻悟，他或许不会在这个世界上生活得捉襟见肘，四处抵牾。或许就不会总是由他说出大家都知道却总不会点破的真理，给自己的未来埋下隐患。

可是，谁又能直接超越童年、少年、青年的青涩、挣扎、与世界的不妥协，而直接迈入老年的洞彻世事、对世界的成竹在胸？

可是，恐怕，一个从幼年始即开始追寻最朴素、最本真的生命意义的人，一个注定要为后世留下本真文字的人性记录者，所要走的道路本就该如沈从文那样，痛苦、执着、虽九死其犹未悔。

所以，站在文学史上我们庆幸他终于不是按照那个"或许"生活，而是极大痛苦地艰难地在自我、社会、自然之间苦苦挣扎，寻觅自己的角色定位；也最大欢喜地得到了上天赐予他最美的风景、异禀，并用他的眼为后世留存天、地、人最美的瞬间、最深沉的思考。

一九八八年五月十日沈从文因心脏病猝发，在家中病逝，黄永玉说："他逝世的消息也是如此的缓慢，人死在北京，消息却从海外传来，国内报纸最早公布的消息是在一周之后。据说是因为对于他的估价存在困难。"很多人对此事表示了极大愤怒，认为漠视了沈从文。但其实历史有时会错乱地给以最公正的评价。就如黄永玉所说，"据说是因为对于他的估价存在困难"，其实这样的一种极其罕见的应该说不公正的做法恰恰体现了沈从文最真实的价值。没有在历史的长河中淘洗，我们如何能给得起沈从文他应得的肯定？世俗如何能给？

我们是一个宣扬诗性，却在世俗中容不下诗性的民族。所以屈原被放逐，李白浪迹天涯，沈从文享受身后名。

可是，"总算盼到有一天我们把他又'发掘'出来，又'发现'了他的时候，我们又禁不住如此'习惯'而'老到'地，把他放进一个古典的'田园诗'的画框里。我们真是不可救药地病入膏肓"！

天若有情天亦老，倘若逝去的沈从文再回身看我们这边熙熙攘攘的世界，恐怕会笑着说：无论你们理解我多少，假如再让我重生一次，我会抛弃我前生追寻的世间杂物，心无旁骛地安心生活，写我所写，爱我所爱。澄澈一些，超脱一些，自信一些。无论给我什么功名什么冷遇，再不放在心上，我只爱夜行船上有三三陪伴。

能够产生出这样的理解，我当然认为她没有白读沈从文。

四

一九四八年七月的一天晚上，在颐和园霁清轩消夏的沈从文和儿子虎雏讨论《湘行散记》，说："这书里有些文章很年青，到你成大人时，它还像很年青!"

他儿子就说："那当然的，当然的。"

二〇〇五年六月二十四日

D卷 怀 念

个人命运和时代悲歌

贾植芳先生曾经列出五部书，以为"越读越觉得如嚼橄榄，其味无穷"，它们是：但丁的《神曲》、塞万提斯的《堂·吉诃德》、笛福的《鲁滨逊漂流记》、歌德的《浮士德》和吴承恩的《西游记》。贾先生说，"它们实在给人以大领悟、大眼光、大沉痛、大感情、大学问"。读过这五部作品的人不难看出它们之间明显的相似和想通之处：它们都显现了人生求索的天路历程，而人生本身，也是在这艰难而又复杂的一以贯之的大过程中趋向完成。贾先生"偏爱"这五部书，在一种意义上，未尝就不可以说是他个人过分坎坷的经历在其中得到了精神上的印证，从这些作品中，老人似乎看见了自己跌打滚爬的影子。

也许正是为贾植芳先生的人生经历所吸引，一拿到《悲哀的玩具》，就手不释卷，一口气读完。《悲哀的玩具》是贾植芳先生的作品选，筛选了从三十年代下半期到现在所写的各类作品，结成一集，其中大部分是散文，另外有四篇小说，一个剧本和一首诗。从这些作品中，我强烈地感觉到一个现代中国知识分子关心时代和社会的宽大胸怀。另一方面，当他参与和投身现实中时，时代和社会就反过来影响甚至是构成了他个人的经历和命运。因此，这样一个现代知识分子的个人的生命史，就具有了超出个人以外的意义：不仅个人的现实关怀表现出知识分子之所以为知识分子的精神实质，而且，个人的命运也成为那一代坚持从社会和现实中追求人生意义的知识分子的命运的象征，同时也是我们这个民族和国家在颇多动荡的二十世纪，在艰难跋涉的苦难和曲折之中，所付出的人性代价的一种象征。

一个人和一个时代之间的关系，在饱经风霜的老人心里，自然不会完全同于充满激情的青年时代的想法。在步履踉跄地走出历史暗谷之后，有些人"仍然惊魂未定，心有余悸和预悸"，所谓回顾以往、以史为鉴反而使自己变得越发消极和扭曲，这为真正的智者和勇者所不取。贾先生晚年编自己的作品选，在沉痛与悲哀中却从积极的人生态度出发，审视过去，总结过去，书取名《悲哀的玩具》，包含了深刻的"历史反思"，"或者是一种自我的嘲弄"。其具体的意义，都写进这本虽不厚却沉甸甸的书中了。

没有什么是比做人更基本的了；也没有什么，比在一个多灾多难的时代树立起一个端正的人的形象更可感佩的了。在贾先生的诸多文字中，有一段常萦绕心头，说起来，它却是十分的简单和朴实：

总的说来，我只是个浪迹江湖，努力体现自我人生价值和尽到自己的社会责任，在"五·四"精神的培育下走上人生道路的知识分子。我在这个世界上生活了七十多年了，眼看就要进火葬场了，可以自我告慰的是，在上帝给我铺设的坑坑洼洼的生活道路上，我总算活得还像一个人。生命的历程，对我来说，也就是我努力塑造自己的生活性格和做人品格的过程。我生平最大的收获，就是把"人"这个字写得还比较端正。

这段话是可以让每个人想想自己该怎么活的。

一九九二年

贾植芳先生的乐观和忧愤

　　一个人的乐观可能是性格方面的原因使然，然而贾植芳先生的乐观，不可能仅仅归因于性格。乐观和乐观不同，比如无所关心的乐观和有所关心的乐观，糊里糊涂的乐观和清醒当中的乐观，安闲逸乐的乐观和历经劫难的乐观，其间的距离可能比乐观和悲观之间的距离还要大。贾植芳先生不是那种有福分可以什么都不思不想不关心的闲人，不是那种超然的逍遥者，那么，他的乐观一定和他所思所想所关心的对象有关系。也许只有关心大的东西，一个人的心胸才会阔大。斤斤计较于个人名利或其他一些琐事，也会有眉开眼笑的时候，只不过给这种眉开眼笑垫底的东西很容易抽掉，那时候的脸色恐怕就不好看。贾植芳先生心胸的宽大和敞亮，正是因为他始终关心着个人利益之外的事情，但又不是抽象的东西，而与具体的社会和历史、精神和理想、人和命运息息相关。也许我们就可以说，他的关心，是知识分子人文关怀的一个例证。

在《狱里狱外》这部回忆录里，充满了繁复的人与事。你会惊奇地发现，这部个人的回忆录讲了许多别人的事情、别人的命运；它对抽象的历史的兴趣，还没有对作者生活中遇到的任何一个微不足道的人物兴趣大。可是结果却是这样：读完这部书，你感受到了历史，感受到了活生生的历史；而通常，你读完一部专门讲历史或者特别有意识地讲历史的书，你不知道历史是什么，当然更感受不到历史中人的奔走呼号、人的挫折和不屈。贾植芳先生从来就是一个社会和历史中的人，一个人群中的人，社会和历史也就不在别处，而是就在他自己和那些形形色色的具体的人的身上。历史和社会因此也就不是空洞的、僵化的或者是不可触摸的、没有意义的，历史和社会因此也就有了呼吸和心跳，有了眼泪和笑声，也有了命运。

贾植芳先生在社会中跌打滚爬，他反复强调"人"这个词所具有的宽广的意义，而不是拘泥于一种职业、一种名称所必然限定的意义。这种品性也就是知识分子的品性。教授、作家、学者，或者其他的种种叫法，天然地具有功能性和限制性的含义，可是"人"的开放的意义却能够突破限制，阔大的心胸也必须由此而来。否则岂不越来越萎缩，离"人"的概念本身所具有的阔大越来越远？人格的魅力并不仅仅是一般的道德魅力，不仅仅是通常所说的格高质洁，它同时还是"人的格局"的大魅力。贾植芳先生的乐观就包含着由"人的格局"的阔大所带来的精神魅力，由"人的格局"的阔大所带来的心灵自由空间的阔大，有所为而无逼仄、粘滞之感，尽显大方气象。这在根本上与"人"的开放的、趋向深远的意义密切相连。

《狱里狱外》是一部苦难之书,可是你也许会疑惑地感觉到,它的叙述者没有特别强调苦难,它只是呈现,它的叙述语调有些微讽,整个叙述过程流畅、自然、简单。同时,它又是绘声绘色的,一种十分朴质的绘声绘色。要是你是一个没有心肝的人,你甚至可以读得兴味盎然,到某些段落还会忍俊不禁——这是怎么回事?

哈维尔在写给妻子的"狱中书"里有这样几句话:"我发现刑期长的时候,敏感的人可能会变得偏激、怨天尤人、迟钝、冷漠和自私。无论我坐牢多久,不屈服在这种威胁之下是我的一大目标。""我希望永远对世界敞开心胸,不偏狭地仇视世界;我要保持对别人的兴趣和关爱。我对不同的人有不同的看法,但我不至于憎恨世上的任何一个人。这方面我无意改变。如果我变了,就表示我已失落。仇恨向来不是我的行动的准则或出发点。这一点是不能改的。"哈维尔曾经给自己树立的目标,在贾植芳先生这里是一个真切存在的不可思议的现实。真正有能力承担苦难的人,不仅是指挨下来或者挺过来,更意味着,不论世界和自己发生了什么样的变化,自己这个人身上秉承的人性光辉没有黯淡、没有湮灭。《狱里狱外》是一位八十高龄的老人回首沧桑的书,是一部坎坷的命运之书,却生气贯注,有挟泥沙俱下之概。这种生气,正是人性光辉照耀下的生气。

人们乐意称道贾植芳先生的乐观,其实,这只是一面,我眼中的先生也常常是忧愤的;而且,很多时候,忧愤就在乐观的后边或者里面。这其中包含着他对待世事的特别态度和方式。举一个小例子。大概是一九三九年，贾植芳先生在重庆的时候，有次对谢挺宇说，他将来如果生两个儿子，就取名一个叫贾仁，一个叫贾义，如果生两个女儿，就一个叫贾慈、一个叫贾悲；八十年代初谢挺宇到上海寻访阔别多年的老友，一进门就问：贾仁、贾义在哪儿？贾慈、贾悲呢？我几次听贾植芳先生讲起这件事，但每次都是当成笑话讲的，先生自己也往往乐不可支。这是一个以笑话或者闲话的方式表达忧时愤世的相当明显的例证；这个例子同时也很能表现贾植芳先生对待过往经验、特别是重新叙述过往经验的个人化方式。《狱里狱外》就是这一个人化方式的集中体现。

贾植芳先生的忧愤，和他的乐观一样都系于宽广、深远的关怀。一个受五四新文化滋育成长起来的知识者，一个处在一代又一代知识分子追求理想的途中的自觉的精神薪传者和自愿背负十字架艰难前行的人，身历世纪的风雨，自我的生命和曲折的历史本身血肉交融，怎么还可能囿于一己的天地，无忧无虑，自在逍遥？贾植芳先生的忧愤，显然就出于他对自身的道路的选择和对知识分子共同追求的坚持。没有这样的选择和不移的坚持，自然就不会有由此而产生的忧愤。这种忧愤，不是偏狭的仇恨的发泄，不是一般所谓的愤世嫉俗，而是满怀着不衰的热情，承担着具体的历史重量，感受着当下现实的生动气息，发自于宽大敞亮的心胸和深远理想追求的忧愤。如果说贾植芳先生的乐观常常给我人生的启示，先生的忧愤则常常让我感动不已。

通常，紧接着忧愤的，往往是一种无奈感。我在贾植芳先生身上有时也会发现这一点，但我注意到，他从不让这类低沉的情绪停留太长的时间，往往只是一闪而过，贾先生又恢复成人们熟悉的贾先生。我不知道在那些个一闪而过的瞬间中，先生的心里会突然涌起一种什么样的滋味。

一九九六年十二月十五日

沧溟何辽阔，龙性岂易驯

——琐记贾植芳先生

一

贾植芳先生有一对闲章："洪宪生人"、"秦坑余民"。"秦坑余民"的意思不用说了，由此可知，这对闲章是先生历经那场大劫难之后所刻；"洪宪"是袁世凯称帝的年号，贾先生出生在一九一六年，也就是所谓的"洪宪"元年。这样一算，就快到先生的九十大寿了。之所以还要算一算，是因为平常确实习惯了先生的"年轻"，不特意去想，不觉得先生已经这样"老"了；再一算，我从入贾先生的门，到现在，也已经十五年了。

我能够成为贾先生的学生，说起来，多少得感谢年少时的任性。一九八九年上半年，我大学就要毕业，获得免试直升研究生的资格，我跟班主任李振声老师说，我要读贾先生的研究生。李老师很是赞同。但过了不久，李老师告诉我，贾先生年纪大了，不招硕士研究生了；接着，李老师又指点我说，你可以跟哪位、还有哪位老师读。我记得那是在东部宿舍的走廊里，我一急，就对李老师说，贾先生不招，我就不读了，我要去工作了。

那时候免试直升研究生的名额很少，我这样的反应，大概李老师也没想到。不过我敢在他面前发这样的坏脾气，也是他四年来纵容和偏爱的结果。这一来，他也和我一样急起来。于是，有一天晚上，他带我去见贾先生。

为什么一定要读贾先生的研究生，到现在，我也不能很好地回答这个问题；其实在那之前，我只见过贾先生一次。那次是北京大学的王瑶先生来，在第四教学楼有个讲座，贾先生是主人，陪坐在讲台上。现代文学研究界的这两位山西老乡坐在一起，是很有意思的。王先生抽烟斗，贾先生抽纸烟，我对贾先生的第一个印象就是，吸烟的频率极快，而且是抽完一支，接着就点上另一支，我注意到，那天贾先生抽的是黄盒子的凤凰烟。后来我常常听到贾先生向人谈"养生"经验，宣扬的是王瑶先生的观点：一不戒烟，二不戒酒，三不锻炼。但那天的讲座上贾先生讲了什么话，王瑶先生谈了些什么，却全忘记了，或者当时就没听清，贾先生的话难懂，王瑶先生的话或许不那么难懂，但在大教室里，人多，就显得声音轻，我坐得不够靠前，听起来吃力。

李老师带我去见贾先生，我心里非常紧张，紧张的是我不知道该说什么话。等我在贾先生的书房里坐了五分钟之后，这种紧张就没有了。我还是不知道该说什么话，但这根本就不是个问题，先生滔滔不绝，而且妙趣横生，用不着我这样不会说话的人多开口。

从先生家里出来，我的心踏实下来，我甚至注意到第九宿舍里的树、房屋和它们在月光下的投影。事情就这样发生了转机，我如愿成了贾先生的学生，而且由贾先生和陈思和老师合带，也因此成了陈老师的第一个研究生。

那年暑假，我带着贾先生推荐给我读的几本比较文学方面的书，回到老家。我坐在小板凳上读一本英文版的厚厚的比较文学早期论文集，母亲问，读得懂吗？其实是读不大懂的，我却含含糊糊地回答母亲。那时候心里有一种奇异的宁静，又有一种对即将展开的世界的宁静的渴望，就这样，在北方夏天凉爽的风中，把这本读不大懂的书一页一页地读了下去。

过完暑假，我才正式成为贾先生的学生。

二

如果按照现在的讲课方式来说，在我全部的读研究生期间，先生就没有给我讲过一次课。先生的方式就是坐在书房兼客厅里聊天。聊什么呢？没有限定。这位瘦小的老人，能够让你充分感受海阔天空和人事沧桑。你在这里学习历史和认识社会，全是通过具体可感的形式。这个房间里常常爆发出笑声，那一定是先生特有的幽默引起的。

这里形成了一种特别的氛围，吸引着各不相同的人。很长一段时间，我们会固定在每个星期五中午到先生家里，称为"星期五聚餐会"，节日一般。这个"我们"，由不同"辈分"的人组成，有老师，有师兄，我是最后的一个，直到又有比我后来的人加入进来。

在贾先生的书房兼客厅里，你不知道会碰上怎样的人和事。有一阵，大概九十年代初的那两三年，我经常碰见高晓声。我常在贾先生家里蹭饭，高晓声呢，印象里也多是在饭时候来，背着个包，路过上海，不必事先打招呼，就进家了。有一次中文系请高晓声住在复旦讲课，高晓声不愿吃安排好的公饭，总到贾先生家里喝酒。

贾先生和高晓声是一对奇特的朋友。两人一见面，就有很多话要说，都说得很兴奋；但是他们两个人其实都听不大懂对方的话。贾先生山西音，高晓声常州腔，都没被普通话"驯服"过来。如果还有别人坐在那里，这个人就成了他们两位各自的听众，兼他们之间的翻译。

高晓声见贾先生说得乐不可支，就问我说的是什么。我说，贾先生讲，您好酒，有一天晚上喝多了，回复旦招待所，半夜里同屋的人醒来发现床上人不见了，起来找，才发现躺在洗手间，爬不起来。原来是摔了一跤。连夜送到长海医院，一检查，摔断了两根肋骨。

高晓声急忙否认，说，那是贾先生瞎编的。

见我不信，他就自问自答：贾先生为什么要瞎编呢？因为贾先生自己喜欢酒，有一次喝醉了，走到大街上，结果撞上了自行车，撞断了腿，在长海医院住了好长时间。他不好意思，所以要编我醉酒的故事。

说完，高晓声也乐得大笑起来。

贾先生被自行车撞断腿住院的事我知道，这个原因倒真是高晓声瞎编的。其实是一个青年喝多了酒骑自行车，撞上了贾先生。贾先生被撞得住院，却不追究这个青年的任何责任（先生说因为他并不是有意的），这也就难怪，这个"肇事者"，后来也成了出入贾先生家里的客人。

三

贾先生平易，风趣，就我所见，他的书房是欢声笑语最多的书房；但我所说的特别的氛围，还不仅仅就是这些。有人赞美先生的达观，以为先生历经劫难之后，什么都"想开了"，其实是错的。先生的认真和坚持，是骨子里的东西，八十岁时先生写自寿联，上一句就是"脱胎未换骨"。

就说我们这些学生，在贾先生那里完全可以无拘无束，贾先生自己也不讲究形式，但其实，贾先生是有他的要求的，做人上的要求，学业上的要求。这些要求就在那些随意的聊天中透露出来，就在他自己的日常行为中暗示出来。这些要求，不刻板，不是条条框框，在精神上却不能不说是严格的；同时，又因为是在开阔的境界里，虽然严格，却不死，反而能够激发和唤起人的潜能。

从南区到贾先生家的路太近了，我两三天去一次，有的时候天天去，甚至一天去两次。我好像没有什么问题要向先生请教，但也可以说，那时的我也正经历着精神上的困惑和苦恼，这种困惑和苦恼说不清楚是什么，可它又确实在那里；我甚至想说，这样的困惑和苦恼不只是我一个人的，跟我差不多年龄和经历的人或多或少都有。大学毕业的夏天，火车站"一场游戏一场梦"的歌哭之后，同学们风流云散；和我一起读研究生的同学，到崇明岛农场去割稻子，要劳动一年以后才回来。我因为读的专业是比较文学，属于外语类，上面说是学外语的不能中断，中断就都忘了，所以不用去劳动。我住在南区空空荡荡的十四号楼里，每天自己读书，一个人吃饭，再就是，去贾先生家。坐在先生书房的沙发上，听先生讲历史和现实，讲他自己的传奇经历，讲他所遇到的形形色色的人和奇奇怪怪的事，讲写书编书译书（先生认为，这是一个学者应该具备的基本技能），讲社会新闻，讲潮流风尚，不知不觉中，心就安静下来，坚定起来。我的困惑和苦恼也慢慢地化解于无形之中，又在无形中培育起新的精神力量。

在贾先生的日记里，我看到这样一段话："下午，张新颖来替我整理堆在地上的旧杂志，作了一些剔除，只保留一些有专业学术价值和文献价值的东西，剔下来的东西预备作废纸卖掉。他晚饭后别去。和他谈了我们这一代知识分子的人生追求和生活道路，作为他们青年一代的历史参照。"（一九九〇年十二月二十六日）最后这一句的郑重其事，在多年后的今天读到，仍然令我心里一凛。

就这样，去贾先生家成了习惯。最频繁的时期，是在研究生快要毕业的时候。那时候，原定的工作突然没了，仓促间要找一个新单位。先生很着急，四处托人。去先生家，不仅是因为这件具体的事情，还因为，在受挫的时候，习惯更加强了。

后来，在《文汇报》工作那四年，离开了学校，却没有从先生身边离开。先生送我一本英文版的德国传记名家艾米尔·路德维希的《人之子》，希望我把他翻译出来。这本书先生年轻的时候读过，对它很有感情。我就在工作的间隙，在一个近二十人共用的大办公室里，断断续续完成了翻译。我把这本书的翻译看成是我自己工作那段时间的一个纪念，更把它看成是受教于先生的一个纪念。

四

我曾经天真地以为，长期的监禁生活没有在贾先生身上留下什么阴影，这是人性光辉没有黯淡的标志和奇迹；而先生身上那种突出的乐观和通透，更容易强化这种印象。在一九九六年十二月，我写过一篇《贾植芳先生的乐观和忧愤》，多少含有这个意思。但就在十二月底，先生住进第一人民医院，一住就是半个多月，期间发生了一件事，却使我改变了看法。

那一天是我在陪先生。先生说，好了就赶快回家，医院这地方不能住，医院就像监狱。这样聊着，我也没太在意，因为每次住院，先生都是这样的态度，说差不多的话。但渐渐地，先生就越说越激动，不太像闲聊了。我请先生不要说话，休息休息，睡一会儿。可是先生顾自说下去，他说的还是医院，我听着，却越来越像监狱了。到后来，已经分不清说的是医院还是监狱，他高声骂起来。他骂医生，骂护士，骂同病房的人，骂来看望他的人，见谁骂谁。我手足无措，没有办法让先生安静下来，只好赶紧跑到住在近旁的陈思和老师家，把陈老师叫来。陈老师来了，又请来医生，吃了镇定药，先生才安稳下来。

后来先生说，那一刻出现了幻觉，觉得就是在监狱里。

这件事给了我持久的震惊。我反省自己以前的想法，长期的牢狱、监禁、改造，怎么可能不留下巨大的创伤和沉重的阴影？而要压抑这种刻骨铭心的创痛，要阻挡这种噩梦般的阴影的侵扰，又需要怎样非凡的力量？贾植芳先生的幽默、风趣，贾植芳先生的闲话、笑声，底下是怎样的坎坷、苦难、恐怖和永远也无法治愈的伤害？

但先生还就是一个风趣和有爽朗笑声的人。后来谈起他骂人的事，先生问我，新颖，我当时骂你了没有？我说，没有。先生又问，我骂你们陈老师了没有？我说，没有。

先生是明知故问，脸上带着"狡猾"的表情。问完，我回答完，这个时候，先生就笑了起来。

五

在贾先生家里听他谈话，师母常常坐在一旁，插几句。不知从什么时候开始，师母开始持续地写东西，从卧室开着的门可以看到她伏在靠窗的桌子前，听到人来了，就放下笔，走到书房里招呼。先生就说，老太太在写回忆录呢。师母话不多，等我抄写这部回忆录时，才完整地了解了师母流放青海和山西二十余年的情形。这就是后来发表的《流放手记》。

每想到师母，就一定同时想起先生叫师母的声音。那是在各种不同情形中的声音。譬如一起出去散步，如果还有其他的人分别陪着先生和师母，先生走着走着就到前头去了，他走路快，慢不下来，却会突然停住，转过身来，喊，任敏，任敏；譬如在书房里坐着，喝了一口茶，就说，任敏，任敏，喝茶。同时把杯子递过去。一九九七年十月之后，先生叫任敏任敏的声音，就只能在师母的病床前了。

二〇〇二年那一年，我在韩国。十一月的一天，突然收到师母去世的消息。我想象不出贾先生会怎样承受这一打击，虽然我知道先生的坚毅，但我也同样知道先生和师母相濡以沫、相敬相爱的高贵感情。

我给先生打电话。直到电话拨通，我仍然没有想出什么话来安慰先生。先生听到是我，就说，老太太昨天去了。先生跟我讲师母去世时的情况，我怔怔地说不出话来。先生又跟我说，你一个人在外面，要当心身体，要吃好饭。先生还特意说，今天的《文汇报》上有你一篇文章。

放下电话，我一个人呆呆地在房间里坐了整整一个下午，直到暮色四起，窗外的灯光亮起来。

六

胡风在漫长的牢狱生涯中想念友人，写《百花赞》——因为没有纸笔，其实不能叫作"写"，只能是"吟"，储存在记忆里。其中《酒醉花赞——怀贾植芳》后来凭记忆写出，共十首，开题句是"酒醉花无忌，常披急义心"，第一首是总括，后面九首从贾先生各个时期的经历和追求刻画他的壮气豪情和丹心赤胆。第一首，贾先生的精神气质和人格特征就跃然而出：

能生师狭盗，敢死学哀兵。

懒测皇天阔，难疑厚土深。

欣夸煤发火，耻赞水成冰。

大笑嗤奸佞，高声论古今。

就从这篇《酒醉花赞》，也可见出有着生死情谊的两个人之间的深刻理解。胡风诗中的贾先生的形象，和二十世纪中国社会的复杂变动联系在一起，突出了一个人大义凛然、能生敢死的勇者气概。我在这些年的平常日子里听贾先生谈话，看他做事，表面上似乎这样的年代没有那种危机时刻的选择和行为了，我却依然感受到胡风诗的真切：贾先生还是那个样子。

只是，我更多地从细小的事情上感受着一个丰富的人格。

两年前的一天晚上，和贾先生一起在外面吃饭，贾先生见了我三岁的儿子，称他为张先生，晚饭后要给张先生买糖吃。这个小家伙本来谁都领不走，一听要买好吃的好玩的，就乖乖地跟着老公公走了。但不巧，因为太晚了，没有买到小家伙想要的那种又好玩又好吃的糖。

第二天，贾先生让家里人打电话，叫我去一趟。我还以为有什么事。原来是先生买好了给张先生的东西。

我说，小孩子没记性，早就忘了有这回事。

先生很认真地说，不，不，答应小孩子的事情，就一定要做到。

七

去年，在八十八岁的寿宴上，贾先生很动情说，我十三岁离家，家庭观念淡，朋友观念深。先生叛离家庭，为追求而东奔西走，浪迹江湖，从精神上讲，是五四新文化的儿子。这条精神血脉形成了贾先生的人格，也影响了他的命运。

胡风集团案刚平反不久，有一天陈思和老师去贾先生家，碰上先生的很多朋友聚会，神色庄重。等他们散后，先生问陈老师：今天是什么日子？

原来那天是鲁迅的生日。

先生说，他们一些朋友，在五十年代，每逢鲁迅的生日都会聚在一起。

经历了二十多年的灾难，他们刚刚获得自由，首先就恢复了这样一个近似仪式的传统习惯。

贾先生属龙，这个属相和他的性格与命运是否有什么关系，我不清楚；但先生的龙属相使我自然想到新文化英雄陈独秀的两句诗，是他多遭磨难、一九三七年出狱后所写："沧溟何辽阔，龙性岂易驯。"

贾先生的"脱胎未换骨"，不就是一脉相承？

二〇〇四年八月四日

早春日记中的人与事

两个晚上读完《早春三年日记（一九八二——一九八四）》（大象出版社，二○○五年四月）。这本书的印行，使得贾植芳先生的日记从一九七九年出到了一九八七年。此前，一九七九——一九八一的"平反日记"，收在《解冻时节》一书中；一九八五——一九八七"退休前后"的日记，收在四卷本文集的书信日记卷内。

早春日记中的贾先生，已经是慢慢接近七十岁的人了，却是感奋而忙碌，一种新的生活正在展开。一九八二年元旦，收到日本学者今富正巳寄来的《北方土语辞典》，这是贾师母任敏解放初期编撰的，东京翻译出版是一九七一年，这个时候贾师母在山西务农，贾先生在上海劳改。现在已经不同。二月五日日记写："过了一个忙碌的年，这也是二十多年来我们夫妇二人过得最好的一个年。"所说的"最好"，也就是"正常"了。

接下来，贾先生的旧译《契诃夫手记》校订出版，而且出乎意料地受欢迎，出版社一印再印。报载，中国社科院各所在北京王府井设立咨询台，答复群众问题，唐弢对学习写作的青年说，要读《契诃夫手记》。又有出版社愿意出贾先生的创作集，他自己的存书早就全部失去，图书馆也找不全，但这样的困难还是在兴奋中克服了，《贾植芳小说选》终于印出。其间的一九八三年三月十日，他很动情地写了这么一段话："全力投入校改旧作品的工作，我年青时代特有的那种诗意和激情今天仍然使我感到新鲜、亲切，仿佛那就是我的'哗哗'地流着的血液的响声。"

这一时期贾先生的主要精力被两套大型资料丛书《中国现代文学史资料汇编》和《中国当代文学研究资料》牵扯，光是做"责任编委"审稿，就不知费了多少时间。另一项费神费力的工作是比较文学的学科建设。贾先生的工作，可用"拼命"这样的词来形容："全力编《契诃夫年谱》，通宵达旦"（一九八三年三月三十日），"昨晚译书至晨六时始寝"（一九八三年十月二十四日），"未出门，今日五时始寝，赶译论文"（一九八三年十一月一日），这样的记载屡见。能够工作，在贾先生，已经是"最好"了。有一天深夜两点，先生工作的间隙，注意到屋外的雪还在落，"仿佛听出雪花落地的声音……"（一九八四年一月十八日）

贾先生喜欢说自己是社会中人，他的日记就不仅仅是个人日记，其中有非常丰富的社会信息，人与事的信息。

譬如说，我在这一段时期的日记里看到了曹白：一个因为木刻与鲁迅有过直接接触、受到鲁迅教诲和关怀的青年，一个因为创作而得到胡风帮助的作家。曹白到贾先生家，从贾先生那里"带去代他借的旧作《呼吸》，此书一九四三年由胡公在桂林新版印行，是'七月文丛'之一，曹白自己还未见过。"（一九八二年三月二日）贾先生是热心人，为《呼吸》重版多方努力。曹白自己从文坛消失得太久了，人们不知道他，他好像也不知道别的人。一九八二年贾先生回山西参加赵树理的研讨会，回来后收到曹白信，"问我和赵树理谈得如何"，引发贾先生感慨："这位仁兄真是'桃花源'中人，不知有汉，何论魏晋了。"（九月十七日）

"七月派"最重要的小说家路翎平反后创作了大量作品，却大都无法发表，此一时期贾先生日记中记载为路翎推荐作品已成常事。直到路翎去世后，九十年代中期，我还在贾先生那里看见过路翎写在稿纸上的诗。

陈子展先生和贾先生来往频繁，一些记叙很有意思。一九八二年五月十五日："陈子展来，他说昨天不适几乎翘了辫子，下午来访，想哈哈一笑，因叩门声太轻，你们不开未能进来，所以今天又来。"七月十四日："晚饭后，去看子展先生，他足病加胃病，谈到俄国的肖斯塔科维奇，他引了肖在遗嘱中说的俄国知识分子的价值观是'一双靴子胜过莎士比亚'。"一九八四年十二月九日："早上陈子展先生来访，他为自己的著作（有关楚辞的）被出版社胡乱改动，弄得面目全非，大为光火。为此，找我来诉苦，大骂现代出版界不尊重作者的流氓行为。"

贾先生青年时期就喜读尼采，到老依然。在他的日记中，不时会抄录尼采的句子，是那种孤零零地抄录，没有上下文的衔接。这种抄录方式，只是对尼采一个人的著作才有。"神已死亡。""我在人间比在禽兽里更危险。"这两句，重复出现了好几次。还有一次，抄的是《查拉图斯特拉如是说》里的一段："谁不愿在人堆里渴死，他必须学会以各种杯子喝水的方法；谁愿意弄干净身子在人堆里走，他必须学会洗濯，甚至于拿污水洗。"显然，这不是作读书笔记。

二〇〇五年五月二十一日

图书在版编目(CIP)数据

　　有情:现代中国的这些人、文、事/张新颖著.
—上海：上海书店出版社，2012.5
　　ISBN 978 - 7 - 5458 - 0395 - 2

　　Ⅰ.①有…　Ⅱ.①张…　Ⅲ.①随笔—作品集—中国—
当代　Ⅳ.①I267.1

　　中国版本图书馆 CIP 数据核字(2011)第 073843 号

有　情

张新颖　著

责任编辑/李佳怿
技术编辑/丁　多　装帧设计/周夏萍
上海世纪出版股份有限公司上海书店出版社出版
上海世纪出版股份有限公司发行中心发行
上海福建中路 193 号　邮政编码/200001
www.ewen.cc　www.shsd.com.cn
全国各地书店经销
上海叶大印务发展有限公司印刷
开本 880×1230　1/32　印张 9.5　字数 135,000
2012 年 5 月第 1 版　2012 年 5 月第 1 次印刷
ISBN 978 - 7 - 5458 - 0395 - 2/I·136
定价 36.00 元

本书中文简体字专有版权归本社独家所有,非经本社同意不得连载、摘编或复制